AF141796

ET DIEU MARCHAIT
DANS LE JARDIN

Couverture : Guillaume Albin

© 2022, Stéphanie Albin
Édition : BoD – Books on Demand,
12/14 rond-point des Champs-Élysées, 75008 Paris
Impression : BoD – Books on Demand, Norderstedt, Allemagne
ISBN : 978-2-3223-7525-7
Dépôt légal : mars 2022

Stéphanie ALBIN

ET DIEU MARCHAIT
DANS LE JARDIN

A mon Guillaume
et nos enfants : Elise, Clément et Cyrille

Je vous aime.

« L'homme et la femme entendirent la voix du Seigneur Dieu qui se promenait dans le jardin à la brise du jour. »

La Bible,
Ancien Testament, « Livre de la Genèse », 3, 8,
traduction de l'AELF

Bona mala

Je suis née un matin de printemps, tendre bourgeon de verdure. Il me semblait avoir entendu depuis quelque temps un sourd, profond et entêtant appel, quelque chose de doux et familier. Depuis, j'ai compris ce que c'était. Un appel à la Vie.

Autour de moi, mes semblables, toutes plus belles les unes que les autres, de toutes les nuances entre le blanc, le jaune pâle, le vert tendre, le vert rosissant, jusqu'au rouge affirmé. Au-dessus de moi, une immensité d'azur. En dessous, une étendue d'émeraude.

Dès mon arrivée au monde, j'ai aimé ma vie : le vent qui glisse sur moi, me rafraichit et m'aide à me balancer ; les picotements du soleil matinal venant me réchauffer peu à peu et faire éclore en moi de douces bulles chatouilleuses ; ça, je crois que ça s'appelle la croissance. Et la pluie ! L'eau qui ruisselle sur ma peau et la laisse brillante, lustrée, éclatante, que je l'aime !

Mon Créateur m'a, semble-t-il, dotée d'une beauté naturelle que doivent m'envier – j'en suis certaine

– bon nombre de mes consœurs des alentours, ainsi que d'une nature curieuse. J'ai compris assez tôt que ma petite personne n'était pas armée pour partir explorer le monde. Alors je me suis contentée de regarder ce qui se passait en contrebas. Au début, c'était assez calme. Puis plus le temps a passé, plus mon jardin s'est rempli. Chaque nouvelle apparition était précédée d'un bruissement dans les feuilles, parfois léger murmure, parfois vive bourrasque. Quel fabuleux spectacle !

A force de se tordre sur leurs tiges pour voir ce qui venait d'arriver, bon nombre de mes sœurs d'en face sont bêtement tombées à terre, lâchant leur branche. Et peu après, je les voyais, démembrées, disparaître par petits morceaux sous mes yeux, dans le gosier d'une de ces espèces nouvelles qui nous fascinaient par leur légèreté et leur capacité à se mouvoir grâce à d'agiles petites pattes, quand ce n'était pas carrément un quadrupède gigantesque à longue crinière qui les expédiaient d'une bouchée monstrueuse. J'observais épouvantée les babines de l'animal se retrousser sur des dents impressionnantes, ses mâchoires, méthodiques, impitoyables, se refermer sur la chair tendre ; j'entendais terrorisée la régulière mastication ; je contemplais impuissante le jus qui dégouttait à la commissure des lèvres du meurtrier. J'avais envie de détourner la tête pour n'en rien voir, mais ç'aurait été m'exposer au même funeste sort. Non, vraiment, merci, sans façon !

Plusieurs fois, je faillis me faire attaquer par une créature ailée, aux longues plumes d'un noir de jais et au bec d'or et j'aurais été à coup sûr amputée d'une partie de moi-même sans l'arrivée in extremis de petites bêtes bourdonnantes à la recherche de sucre, qui mirent en déroute mon agresseur.

*

Ces derniers temps, j'ai eu l'occasion d'être le témoin privilégié d'événements vraiment nouveaux et surprenants. Sont arrivés d'abord deux êtres étranges, marchant sur deux pattes. Ils étaient accompagnés du Maître du jardin. Celui-ci semblait leur faire faire une visite des lieux, très heureux de ses réalisations, désignant chaque arbre, faisant l'éloge de la beauté de l'un ou de la fertilité de l'autre. Plusieurs dizaines de mes consœurs, oubliant toute prudence, s'en sont pâmées de plaisir. J'ai réussi à attraper des bribes de son discours. J'ai cru comprendre qu'il nous mettait tous à la disposition de ces nouveaux arrivants, qu'il appelait 'homme' et 'femme'. Le choc ! Et s'ils ne savaient pas s'occuper de nous ? Ou s'ils nous pressaient de produire notre fruit ? S'ils obligeaient notre nature à se plier à leur volonté ? Il m'a semblé toutefois saisir une restriction au sujet de l'arbre du centre de la clairière. Celui sur lequel je domine le jardin.

Ah, celui-là ! Il a été mon berceau, c'est aujourd'hui mon écrin, mon royaume. En apparence, rien ne semble le distinguer de ses congénères. Mais si on prend le temps de l'observer (et du temps, ce n'est pas ce dont je manque !), on perçoit un je ne sais quoi qui le rend différent, peut-être une fierté imperceptible dans le port de ses branches, un lustre particulier sur la peau de ses fruits, une vitalité triomphante dans la verdure de son feuillage, ou encore une manière unique de tanguer sous le vent. Moi, tout ça, je l'ai bien vite remarqué... Je n'étais pas peu fière de lui appartenir : bien accrochée et éclatante de santé ! En face, je les vois : ça rougit dès les premiers rayons de soleil, ça se tachette si l'astre solaire insiste, ça brunit très rapidement, ça fripe aux premiers frémissements du vent ; bref, ça n'a aucune résistance, aucune tenue et ça finit toujours par se déliter puis par tomber mollement au sol.

La femme est revenue par la suite dans les parages, d'abord seule. Je l'ai vue tendre le bras et saisir d'un geste précis un fruit à sa portée sur l'arbre d'en face. Toutes les branches environnantes s'en sont émues. Mais qu'est-ce qu'elle trouvait de bien à ce fruit, même pas encore à pleine maturité ? Pourtant, après en avoir voluptueusement inspiré l'odeur, selon toute apparence satisfaite, elle y planta les dents d'une manière résolue. Quel manque de goût ! Elle n'était vraiment pas difficile ! Je la vis ensuite s'étendre au pied de l'arbre, sur le lieu même de son forfait afin de profiter de l'ombrage qu'il offrait. Elle semblait si bien qu'elle en ferma les yeux sur un léger sourire. Tout son corps se détendait peu à peu et elle fit un petit somme. A son réveil, avant de repartir, elle choisit un autre fruit qu'elle emporta.

Quelque temps après elle revint, cette fois avec son compagnon. Elle le fit asseoir et ce fut elle qui, une fois encore, insensible à sa douleur, ôta brutalement la vie à un pauvre fruit sans défense. L'homme à son tour parut sous le charme. Non mais, vraiment, pouvait-on être à ce point mauvais juges pour se délecter de ces fruits de seconde zone ? Etais-je seule à avoir remarqué que, depuis le premier passage de la femme, un certain laisser-aller s'était installé dans l'arbre d'en face et que plus personne n'avait fait d'effort sur son apparence ? On avait déprimé, inquiet d'une possible nouvelle visite et d'un plausible nouveau départ si l'on se mettait trop en avant sur la saison et qu'on avait l'air désirable. Mieux valait faire profil bas et paraître manquer de soleil. C'était plus prudent ! Mais comme c'était petit ! Ça n'avait pas le courage d'assumer pleinement sa nature. Ce n'est pas ici, sur notre arbre, que cela arriverait. Nous, nous avons du cran, de la prestance, oserais-je dire du panache.

L'homme et la femme faisaient à présent lentement le tour de la clairière, s'arrêtant devant chaque arbre. Je tendis l'oreille. Par bonheur, une brise légère soufflait dans ma direction et je pus saisir quelques mots. Le Maître du jardin avait fait des présentations rapides l'autre fois, mais c'était à ce couple de débutants qu'il avait confié son bien et c'était eux qui entreprenaient ce jour-là de nous donner le nom qui allait signifier pour toujours leur domination sur nous. Vu ce dont j'étais témoin depuis quelque temps, j'étais vraiment inquiète : comment allaient-ils nous nommer ? Pourvu que ce ne soit pas ridicule ! Avec eux, on pouvait s'attendre au pire !

Je crus saisir « gold… », « reinette cloch… », « granny sm… », « api », « red … » et bien d'autres noms que je n'ai pas retenus. La femme semblait avoir déjà réfléchi et faisait les propositions à l'homme qui, la plupart du temps, se contentait d'acquiescer ou d'apporter de légères précisions. Quand un doute paraissait subsister, ils le résolvaient par un nouvel assassinat qu'ils avaient l'air de goûter voluptueusement, fermant les yeux pour mieux se concentrer sur les saveurs, la jutosité, l'acidité ou la texture de la défunte. Et même si je ne la connaissais que de vue et la critiquais souvent, cela me faisait malgré tout un pincement au cœur ; nous avions grandi ensemble, respiré le même air, observé les mêmes levers et couchers de soleil. Nous étions parentes.

Oh là là, mais ils se rapprochent ! Ça va être à nous. Allez les amis, on se redresse, on bombe la chair, on dissimule adroitement les imperfections derrière une feuille, on met en avant son épicarpe lustré et on montre qu'on est heureux de vivre au paradis ! Ça y est, ils se sont arrêtés devant nous ! Que disent-ils ? Je n'ai pas bien entendu, une abeille m'a bourdonné dans la couronne. Alors ? Mais c'est qu'ils n'ont pas l'air d'être d'accord ! Non ? Si ? Ah, vilaine bestiole, va voir plus loin, ce n'est pas le moment ! Comment ? Ils n'arrivent pas à nous trouver un nom ? Je le savais ! Je le savais. Ils sont mauvais ! Et nous sommes tellement exceptionnelles, tellement uniques, qu'ils n'ont même pas encore les mots ! Mais… ils s'en vont déjà ? Ils n'insistent pas ? Mais c'est une catastrophe ! Si nous n'avons pas un nom, comme les autres, nous n'aurons pas d'existence ! Quelle vexation !

J'appris toutefois peu après qu'ils avaient fait la même chose à un arbre dans une clairière voisine, qu'ils avaient désigné d'un banal « arbre de vie », suivant la présentation du Maître du jardin. Mais cela semble justifié : il paraît qu'il n'a rien de remarquable.

*

Chaque jour la femme est revenue accomplir de nouveaux forfaits. A chaque fois, elle s'est contentée de nous jeter un regard de loin et de rester à bonne distance. Parfois l'homme l'accompagnait. Et hier, c'est un autre personnage qui était à ses côtés. Je ne l'avais encore jamais remarqué dans les parages. Sûrement un nouveau créé.

En tout cas, lui, il a l'air un peu plus malin. Ça se voit dans son regard. Il y a au fond un quelque chose qui brille, un éclat, une lueur. Et il tourne souvent ses yeux charmeurs vers nous, en penchant légèrement la tête. Il y revient sans cesse. Il semble subjugué. Quant à son apparence, elle est plutôt fort agréable ; il se dégage de lui une aura fascinante.

Donc hier, ils se sont assis face à nous. La femme était détendue, souriante. Son nouvel ami, de même. Ils ont parlé de tout et de rien, des nuages légers dans le ciel bleu, des fleurs dans les champs, de la fertilité des arbres du jardin, du goût des fruits... A l'évocation de ce sujet, il a semblé vivement intéressé.

« Ah oui, je vois, les cerises, bien rouges, bien fermes, gorgées de soleil, qui explosent en bouche… Hummm… » Il a fermé les yeux, tout entier à la sensation de son souvenir.

Elle a approuvé. « Oui, tu parles sans doute de celles de l'arbre non loin de la rivière aux reflets argentés. Elles sont mûres à point en ce moment et vraiment exquises.

— Et les figues derrière la colline, vers les champs de canne ? a-t-il renchéri. Fondantes en bouche, douces au palais… »

Cela a renforcé ma conviction : enfin quelqu'un qui savait apprécier la nature, qui avait du goût. J'attendais avec impatience la suite. Allaient-ils parler de nous ? Ils ont continué un petit moment à évoquer les qualités respectives de différentes espèces. C'était long et je commençais à avoir envie de bailler. La femme a fini par exprimer son goût particulier pour les pauvres 'pommes' qu'elle cueillait chaque jour sur les arbres de notre clairière.

Et tout à coup, j'entendis : « Et ces fruits ? » Je sortis aussitôt de la quasi-torpeur dans laquelle je m'étais insidieusement enfoncée. Il NOUS désignait. Nous y voilà ! Enfin. La femme éluda la question. « Peu importe, ils ne m'intéressent pas. » Comment cela ? Nous, les plus beaux de la clairière, nous ne l'intéressons pas ? Mais que lui faut-il à cette pimbêche ? J'ai dû en rougir de colère. Heureusement, j'avais vu juste : son charmant compagnon s'offusqua de sa réponse.

« Comment peux-tu dire cela ? Tu as vu ces branches qui croulent sous les fruits ? La perfection de chacun ? Ils doivent avoir une saveur incomparable. Après les avoir goûtés, je suis certain que tous les autres fruits paraîtraient bien fades. »

Quel talent oratoire ! Quelle éloquence ! Nous ne pouvions rêver meilleur avocat.

La femme pourtant ne se laissa pas émouvoir.

« Non. Le Créateur du jardin nous a formellement demandé de ne pas y toucher. Si nous en mangeons, nous risquons de mourir. D'ailleurs, nous n'avons même pas réussi à nommer cette espèce. »

Un silence s'installa. La légèreté de la conversation avait cessé. On entendait le chant des oiseaux dans nos feuillages. Où était passé le sens de la répartie de notre ami ? M'étais-je trompée sur son compte ? Vraiment je n'aurais pas de chance. Personne pour me reconnaître à ma juste valeur. Il s'est allongé dans l'herbe, les mains sous la nuque, laissant son regard se poser indifféremment sur le ciel azuré ou les oiseaux qui passaient dans son champ de vision. La femme, assise à ses côtés, enroula ses bras autour de ses jambes. Pour la première fois, je la vis nous regarder avec attention.

« Tu vois comme ils sont désirables ? » Notre ami s'était redressé d'un coup. « Allons les voir de plus près. » Il s'empressa d'ajouter : « Regarder ne veut pas dire manger : tu ne cours aucun danger. »

La femme semblait partagée. Elle se décida finalement à suivre l'avis de son compagnon. Elle se leva et s'approcha de nous. Elle nous regarda comme si c'était la première fois qu'elle nous voyait. Difficile pourtant de savoir ce qu'elle pensait. L'autre était un peu en retrait par rapport à elle. Il la laissa faire, sans intervenir. Mais son regard ne se détachait pas d'elle. Elle éleva la main à deux reprises, comme lorsque je l'avais vue sur les arbres d'en face commettre ses atrocités, mais elle y renonça à chaque fois. Elle finit par se détourner résolument de nous.

« Tu as raison, les fruits ici sont incomparables. Mais pourquoi irais-je prendre le risque de les cueillir alors que tous les autres, excellents, sont à ma disposition sans danger ? » Et elle laissa son compagnon planté là, sans même la possibilité de lui répondre. L'autre n'insista pas et se contenta d'esquisser un léger sourire. Il partit aussi de son côté, d'un pas chaloupé.

Je ne comprenais pas à quoi avait rimé cette scène. Décidément, que de circonvolutions au lieu d'avoir la simplicité de reconnaître une bonne fois pour toutes notre supériorité ! Et quel était ce pouvoir que le Créateur du jardin prétendait que nous avions ? Il n'avait jamais cueilli l'une d'entre nous. De quel droit nous ostracisait-il, celui-ci ? Pour qui se prenait-il ?

*

Le soleil vient de se lever. Oubliées les contrariétés d'hier ! Une belle journée encore se profile. Une journée unique ! Je sens sur moi glisser la fraicheur des perles de rosée qui me débarrasse de la poussière du jour précédent. Bonjour, brise légère ! Bonjour, doux soleil ! Bonjour, mes bourdonnantes amies ! Bonjour, mes sœurs… Tiens ?! La femme approche ! Déjà ? D'habitude, elle n'est pas aussi matinale. Un remords l'a-t-il travaillée cette nuit à notre sujet ? De fait, elle a la mine chiffonnée, son teint n'est pas si rose qu'à l'accoutumée. Elle est tout près, maintenant, le visage levé vers moi. Elle nous scrute, sourcils froncés. J'entendrais presque ses pensées s'agiter en elle. Elle se plante tour à tour devant plusieurs d'entre nous. Quelle tension ! Elle se retourne en sursaut en percevant un bruit de pas, puis se rassure dès qu'elle a identifié l'homme qui arrive à sa suite. Elle ne semble pas sereine, on dirait presque qu'elle se méfie de quelque chose ou de quelqu'un. Elle le prend par le bras pour l'amener sous ma branche. « Vois ! » L'homme offre un visage inexpressif. « Regarde ! Ces fruits doivent avoir une chair délicate, ils mûrissent au soleil depuis tant de jours. » Ah bien ! Il lui aura fallu du temps pour le reconnaître. Va-t-elle maintenant se décider enfin à nous donner un nom digne de notre valeur ? Je me retiens de bouger pour ne rien perdre de la conversation, enfin plutôt de ce monologue. Lui n'a pas l'air d'humeur causante ce matin. « Je vais en cueillir un, comme ça on le verra de plus près. Cueillir ne veut pas dire manger, on ne craint rien. »

Cueillir ?! Mais non, il n'en est pas question ! Cueillir signifie mourir ! Je suis trop jeune pour mour…

Dans la panique, je n'ai pas vu la main s'approcher et sectionner d'un geste ferme et précis le pédoncule qui me raccrochait à ma branche nourricière. Je n'ai pas eu le temps de la lâcher pour lui échapper. Je suis prisonnière et je vais mourir de la plus terrible des manières, broyée sous des dents impitoyables, étrillée par une langue rouge, dans une bouche pleine de salive puis avalée dans l'obscurité de l'intérieur d'un corps, privée à jamais de la lumière du jour.

Je sens maintenant les doigts qui m'enserrent. Je suis oppressée. La femme me fait rouler en tous sens pour m'observer. Je devrais être flattée mais j'en ai le tournis jusqu'à la nausée. J'ai tellement peur. Je passe dans une autre main, à la paume plus large et plus chaude. Je suis soumise à un examen terriblement humiliant… et le jugement tombe, cinglant comme une pluie de grêle : « Elle a une petite tache, là. »

Une tache ?!? Non mais ils se sont regardés, ces deux-là ? Hirsutes, pleins de creux et de bosses ? Alors que moi, qui suis bien ronde, bien lisse, bien brillante, je suis grâce et harmonie, un vrai régal pour les yeux ! S'ils voulaient, ne serait-ce qu'un instant, cesser de me tripoter avec leurs mains sales, peut-être pourrais-je leur exprimer le fond de ma pensée ! Croque-moi donc si tu l'oses !…

Mais non. Soudain, contre toute attente, je ne sens plus d'étreinte autour de moi, mais à nouveau l'air libre, plus frais que tout à l'heure. Plus frais ? Et pourquoi est-ce que les arbres de la clairière viennent à ma rencontre ? Je comprends au moment où je me tale douloureusement sur le sol : l'homme m'a rejetée au loin, comme on lance un caillou sans valeur dans le cours d'un ruisseau.

Je m'écrase dans l'herbe. Le contact du sol est plus dur que ce que j'avais imaginé d'en haut. Ne pas perdre connaissance, surtout, c'est le plus difficile. Rester digne. C'est à cette pensée que je m'accroche. J'ai mal. Ma chair est douloureusement meurtrie, malgré l'épais tapis herbu qui a amorti l'impact. Ne pas pleurer. Je suis belle et j'ai un pouvoir extraordinaire ; personne ne me mérite. Dans un effort surfruitier, j'ouvre les yeux et j'aperçois au loin la femme cueillir ma voisine de branche, la porter à sa bouche puis la tendre à son compagnon qui, après une brève hésitation, fait de même. Peut-être avait-elle une tache, peut-être pas, mais en tout cas, elle, ils l'ont goûtée. Quelle double injustice ! Je les avais donc bien jugés : deux êtres médiocres. Passer à côté de la perle rare pour s'offrir le second choix !

Le ciel est loin au-dessus de moi désormais. Le soleil même se dérobe à ma vue, caché par l'épais feuillage de l'arbre sous lequel j'ai fini ma course. Ma douleur s'accentue, j'ai l'impression que le froid, de sensation, est passé créature, lisse et glacée, rampant sur moi, s'insinuant jusqu'au cœur de mes pépins. Ça me titille et me picote à l'intérieur. J'ai l'impression de me craqueler, de m'aigrir, de me ramollir. Mon éclat s'estompe, ma peau flétrie tirant toujours plus vers un teint brunâtre et maladif. Les picotements s'intensifient, ça me ronge du dedans, je sens mes jus charrier une liqueur malsaine qui m'étourdit moi-même et repousse jusqu'à la vermine. Mais je ne mourrai pas, non. Pas avant de l'avoir vu, Lui. Comment a-t-il pu oser confier MON jardin à ces deux imbéciles ? Finalement, si j'en suis là, c'est quand même de Sa faute. Il sait, Lui, à quel point je suis belle. Il va pleurer sur moi, c'est sûr ! Qu'Il se lamente sur ma perte irremplaçable ! Qu'ivre de douleur et de colère, Il châtie ces deux criminels ! Alors seulement, j'accepterai de disparaître de ce monde, me sachant vengée !

…

Le voilà ! Le souffle annonciateur de Sa présence… Justice va être faite.

« Mais quelle est cette odeur ? Vanité, jugement, une pointe de méchanceté, un relent de mauvaise foi… et ça ? De la médisance ? Ici, dans la clairière de l'Arbre de Vie ? Hou ! ça vient de ce fruit, là ? Quelle horreur ! Mais d'où provient-il ? Sûrement pas de mon arbre… Ses fruits ne pourrissent pas, même s'ils ne payent pas de mine au premier abord comme celui-ci devait le faire, arrogant et confit de suffisance… Un mensonge appétissant, mais pourri au cœur. Par mon Esprit ! Où sont les hommes ? N'auraient-ils pas… ? »

Ruah

Le soleil se levait lentement sur le désert. Comme découpés pour un théâtre d'ombres, on distinguait sur un fond translucide qui virait progressivement au rose tendre, puis au jaune pâle et à l'orangé, les tentes du campement, ainsi que quelques maigres arbustes et buissons qui s'obstinaient à pousser là. Un peu plus loin, l'homme entendait les bêlements des bêtes encloses pour la nuit, qui l'appelaient. Il allait encore falloir s'éloigner aujourd'hui pour pouvoir pâturer, pensa-t-il. Il mit un genou à terre pour rattacher sa sandale puis s'arrêta, appuyé sur son bâton, pour goûter quelques instants l'aube qui venait. Elle avait chaque jour une saveur différente. Aujourd'hui, elle était moins piquante que la veille, plus ronde, avec juste une petite note poivrée. Une brève sensation de remous : dans les tentes, les femmes commençaient sans doute à s'affairer. Il était temps de se mettre en route. L'homme jeta son bissac sur l'épaule et se dirigea d'un pas assuré vers ses bêtes.

Merci, Dieu Créateur, pour cette aube que Tu renouvelles encore aujourd'hui. Viens bénir le travail de ton serviteur.

Comme elle me paraît déjà loin la première fois où mon beau-père m'avait confié son troupeau ! Je n'en menais pas large. Seul toute la journée, dans le silence, la chaleur, la poussière, à veiller les bêtes, les conduire vers un herbage satisfaisant, avec la responsabilité de n'en perdre aucune, de ramener chacune d'elle au bercail le soir ; puis encore de les abreuver, de panser les éventuelles blessures, pour avoir le droit d'enfin m'effondrer, recru de fatigue, pour quelques heures avant de recommencer. Rien à voir avec le confort dans lequel je vivais jusqu'alors : servi au moindre de mes désirs ; de l'eau à discrétion ; peu de responsabilité. Pour tout contact avec la nature, quelques promenades au bord du Fleuve nourricier et de paresseuses flâneries dans les jardins du Palais, dans le clapotis des bassins. Pourtant j'ai vite apprécié cette nouvelle vie ici, rude mais libre. Mon beau-père m'a appris à prendre le temps de vivre ma journée : à contempler toute chose qui vient de Dieu et à rendre grâce.

Et j'ai peu à peu regardé.

Et j'ai enfin vu !

Le soleil qui renaît chaque matin, toujours le même, chaque fois différent.

Les bêtes qui m'attendent et me suivent, confiantes, au son de ma voix, sur mes pas, prêtes à repartir. Bêlements !

Le paysage devant moi : collines et montagnes, désert et oasis, vert et ocre.

Les nomades. Mes frères désormais.

Et j'ai enfin senti !

La chaleur du soleil sur mon visage ;

Le souffle du vent qui plaque mes vêtements sur moi, le vent qui rafraîchit et dessèche à la fois ;

La trop rare pluie qui surprend toujours, qui s'abat soudainement et cesse trop vite ;

Le froid de la nuit du désert ;

Le feu bienfaisant autour duquel chacun se réunit.

Et j'ai commencé à comprendre.

Cela faisait deux heures que le berger et son troupeau marchait. Le soleil était maintenant haut dans le ciel. L'herbe se faisait rare ces jours-ci. Il n'avait pas plu depuis plusieurs semaines. Au sol, les rares plantes qui s'échinaient à survivre étaient sèches et jaunies. Rien de bien intéressant. Il fallait pousser plus loin, au-delà des lieux habituels ; quitter le désert, les repères connus. En direction de la montagne. L'homme n'hésita pas longtemps. Là-bas, on trouverait peut-être déjà de l'eau et des prairies verdoyantes. Cela valait le coup de tenter de s'y aventurer. Il s'arrêta quelques minutes, but une gorgée d'eau et reprit fermement son bâton en main.

Qui aurait cru que je serais un jour berger ? Et nomade ?

Je me suis longtemps accroché à l'idée que, malgré tout ce qu'on m'avait dit dès ma prime enfance, j'étais de la race royale, de ceux qui gouvernent le monde. Du plus loin que je me souvienne, j'ai tout fait pour me fondre dans leur décor, être accepté et surtout reconnu. J'attendais leur approbation, je guettais leur sourire, leur satisfaction, leur fierté, leur regard sur moi – leurs encouragements. Mais a priori, ce que je faisais de bien, de bon, chaque fois que je me surpassais, c'était normal. Je devais leur faire honneur et donc leur obéir, même si c'était parfois contre ma conscience.

Je n'ai pas souvenir d'un événement déclencheur de ma réflexion. Mais plus le temps a passé, plus j'ai commencé à les mettre à distance de moi. Je n'étais pas comme eux. Je n'étais pas eux. Ce qu'ils infligeaient à ce peuple qui était déjà entièrement sous leur coupe me questionnait. Comment pouvait-on être le Père de son peuple, l'Aimé des dieux, et commettre des abominations ou, du moins, ne pas les réprimer ? Ignorer la clémence ? Je ne pouvais me taire. Il fallait en parler. Mais à qui ? Celle qui m'avait adopté et sauvé la vie ? Mais elle était aussi l'une des leurs. Elle ne comprendrait pas ma souffrance. Peu à peu d'ailleurs, faute de s'exprimer, cette dernière se mit à enfler en moi et à devenir colère. Comme un flot de limon noir sortant de son lit, hors de contrôle, lors des crues annuelles du Nil. Je sentais que je ne pourrais plus la contenir encore bien longtemps en moi.

Au fur et à mesure que la montagne se faisait plus proche, l'homme et ses bêtes sentaient sur eux un vent léger, tiède, presque bienfaisant dans la suffocation de ce milieu du jour. Le soleil, arrivé à son zénith, irradiait et chaque pas devenait une épreuve. Mais les bêtes, avec l'instinct propre à leur espèce, avaient dû comprendre le projet de leur guide et fournissaient sans rechigner l'effort demandé. On apercevait déjà des arbres et de l'ombre. Presque imperceptiblement, elles avaient redressé la tête et allongé l'allure. L'homme pouvait même distinguer sur la droite un grand buisson couvert de fleurs d'un beau rouge orangé. A coup sûr, il venait de découvrir un bon endroit pour ses bêtes. On pourrait y refaire ses forces avant de rentrer au campement.

Le rouge du sang répandu qui souille celui qui l'a versé. Je ne voyais que cette tache dans la poussière. Elle s'étendait insidieusement, à mesure que la vie s'écoulait de cet homme à terre. J'avais l'impression d'un reproche vivant, plus fort que n'aurait pu le faire n'importe quel hurlement. Au loin, les ouvriers n'avaient pas vu la scène, ils me tournaient le dos et de toute manière ils étaient trop hébétés par leur travail harassant. La ligne pourpre s'étira jusqu'à rejoindre et se mêler au filet d'eau qui coulait quelques mètres en contrebas.
Sans réfléchir, encore submergé par la vague de colère qui était remontée de mes profondeurs à la vue de cet Égyptien frappant l'ouvrier épuisé qui avait eu la

faiblesse de poser durant une fraction de seconde un genou à terre, je creusai le sable pour enfouir le cadavre. Comme un enfant croit qu'il ne sera pas puni d'avoir cassé un vase s'il en fait disparaître les débris sous le tapis.

Sans réfléchir, je m'enfuis. Peut-être l'un de ceux que j'avais voulu protéger serait-il, par mon inconséquence, accusé de cet acte. Qu'avais-je fait là ?

Je n'eus longtemps en mémoire que cette longue fuite en avant : d'abord de la scène qui m'accablait, puis du Palais, puis de la ville, de ses ruelles, de mes frères, mais aussi de mon enfance, de mon adolescence, de cette histoire – la mienne – dont je ne savais que faire et qui m'encombrait, me pesait comme un fardeau depuis trop longtemps et dont peut-être j'avais trouvé un moyen de me débarrasser à travers cet homme que je venais d'assassiner.

Les bêtes avaient donc enfin trouvé de quoi refaire leurs forces. Le berger pouvait enfin se reposer un peu à l'ombre avant de reprendre le chemin du retour. Il s'assit, sortit de son sac la galette et les dattes qu'il avait emportées. Il les posa devant lui et rendit grâce. Puis il mangea et but. On était bien ici. Il ferma les yeux.

Quand j'ai rencontré mon beau-père, je n'étais pas spécialement un homme préoccupé des affaires du Très-Haut. Bien sûr ma nourrice m'avait raconté l'histoire de celui qu'elle m'avait présenté comme notre père Abraham et la promesse qu'il avait reçue. Mais où était-il ce Dieu qui ne levait pas le petit doigt pour la délivrer, elle, des persécutions qu'elle subissait et des humiliations du quotidien ? Et puis, parler à Dieu, c'était un bien joli conte pour les enfants. Comment le Tout-Autre aurait-il pu s'adresser à un homme ? J'étais dans le doute. Mais pour ne pas lui faire de peine, je faisais mine d'être enthousiasmé par ses fables. D'un autre côté, dès l'enfance, on m'avait appris que Pharaon était le seul intermédiaire entre les dieux et les hommes, et en cela on le révérait lui-même comme un dieu. Mais que penser d'un dieu homme ? Et puis s'il était dieu, pourquoi n'utilisait-il pas ses pouvoirs pour faire régner la justice entre tous les hommes ou pour arrêter les débordements parfois mortels de la nature ? Pourquoi préparait-il son tombeau ? Et quel intérêt pour les hommes de vénérer un dieu qui peut mourir comme eux à tout instant ?

Pendant combien de temps l'homme s'était-il assoupi ? Sans doute assez peu. Ses bêtes étaient toujours à proximité, en train de brouter. Mais un souffle se faisait sentir, presque imperceptible. Rien ne laissait pourtant présager le vent du désert ou un orage. L'homme referma son sac, reprit en main son bâton et se leva. Il était temps de rassembler les bêtes. C'est alors que son regard se posa sur le buisson rouge orangé qu'il avait aperçu un instant auparavant. Ce n'était pas des fleurs.

Mon beau-père était un homme respecté parmi les siens. Un chef de famille juste et un prêtre fervent. Il m'avait ouvert sa tente et donné comme un inestimable cadeau l'un de ses plus chers trésors, sa fille bien-aimée. Mon histoire semblait l'avoir touché. Pour ma part, je me sentais redevable à son égard de toutes ses bontés envers moi. Comme un père. C'était nouveau – et c'était agréable – de pouvoir partager ses doutes et ses questions, se sentir écouté et surtout compris ; lire de la bienveillance dans son regard, entendre des paroles d'encouragement. Dans le désert, je repartais du début. Une nouvelle naissance, une page blanche où tout serait à écrire. Ce n'était pas tout à fait vrai, si j'y réfléchissais, mais je me sentais libre comme jamais auparavant. Et c'était bon. Alors la nuit sous les étoiles scintillantes, j'ai commencé à essayer de prier ce Dieu qui m'était au fond plutôt méconnu. Pour qu'Il me fasse connaître Son dessein pour ma vie.

Le buisson était en flammes ! Quel était ce prodige ? Le berger rappela ses bêtes, décidé à faire aussitôt demi-tour pour les mettre hors de danger. Pourtant quelque chose le retenait. Il finit par faire quelques pas hésitants dans la direction de l'incendie, puis s'arrêta. Il mit sa main en visière. Les branches bruissaient, dansaient dans une ronde échevelée de rouge et d'orange entremêlés, mais ne se consumaient pas. Un chuintement très doux se dégageait à mesure qu'il observait. Il fit encore quelques timides pas en avant, curieux de voir ce phénomène extraordinaire, mais s'arrêta de nouveau. Il sentait derrière ses jambes la tiédeur familière de ses bêtes qui le rassurait. Dans un effort de volonté, l'homme finit par s'arracher de la contemplation du fabuleux spectacle et siffla le début de la marche du retour.

Schh… schhh… schhe… schhé… eschhé… oschhé… moschhé…

J'étais étonné de ce que je venais de voir. Je revoyais le buisson fleuri lors de mon arrivée avec les bêtes. A quel moment l'arbuste s'était-il embrasé ? Était-il déjà en flammes et était-ce moi qui ne l'avais pas remarqué, tout à la joie du pâturage ? Soudain, je sortis de mes réflexions : comme un effleurement de tout mon être, un murmure venait de me faire tressaillir. Moshé ?! Je crus distinguer mon nom. Mais non, voyons. Je décidai de ne pas me retourner et d'accélérer le pas. Quelque mauvais génie rôdait-il dans ce désert ? Mooooshé… Me traversa soudainement l'esprit que peut-être l'âme de celui auquel j'avais ôté la vie venait réclamer justice de mon crime. Ou son Dieu qu'il avait mandaté pour cela. Je pressai le pas. S'il m'arrivait malheur, je n'avais qu'un bâton pour me défendre, rempart dérisoire. Mooooshé… Or plus j'avançais dans la direction opposée à ce buisson, plus l'appel me semblait clair. Il insistait, mais paisiblement, je le sentais maintenant, comme s'il était sûr que j'allais y répondre. C'était comme une caresse très douce sur toute ma personne. Je ralentis le pas sans bien même m'en rendre compte. Mooooshé...

> *Je fermai les yeux un bref instant et*
> *je vis défiler*
> *ma vie*
> *sous la lumière rougeoyante de mes paupières.*
> *Je crus voir celui qui m'avait donné souffle me dire humblement au revoir dans les bras de ma mère en pleurs,*
> *Je crus voir celui qui avait toléré mon existence dans son Palais, acquiescer, majestueux et lointain, au-dessus du commun, devant cet être insignifiant présenté par sa sœur bien-aimée,*
> *Je revis le regard de mépris et de haine de cet homme qui usait de son pouvoir pour opprimer ceux de mon peuple,*
> *puis son regard incrédule devant mon geste,*
> *progressivement rempli de terreur devant l'au-delà qui s'avançait.*
> *Je revis le regard curieux des témoins de ma fuite éperdue,*
> *Je revis le regard rieur de ma femme,*
> *Et enfin, le regard de celui qui avait, pour la première fois, vraiment posé les yeux sur moi – mon beau-père.*
> *Je rouvris les yeux et je finis par m'arrêter. Je savais que j'allais me retourner d'un moment à l'autre. Tous les sens en éveil, je pris le temps de regarder le*

paysage devant moi. Je voulais m'emplir de chaque couleur, de chaque son, de la moindre odeur, comme pour graver cet instant au plus profond de moi pour toujours. Comme si je savais qu'au moment où j'allais me retourner, ma vie prendrait un nouvel élan.

L'homme fit demi-tour d'un mouvement décidé. Ses bêtes le virent faire quelques pas, tituber, puis tomber à genoux en balbutiant : « Me voici… Me voici… », les joues ruisselantes de larmes. Portant ses mains au visage, il se protégea le regard, attentif à la voix qui s'élevait à présent plus forte et plus claire. Puis il s'entendit de nouveau murmurer dans le désert : « Me voici, Père… »

Si les bêtes avaient pu parler, elles auraient raconté qu'à l'endroit où les larmes de leur berger étaient tombées, elles avaient vu le sol rocailleux et inégal se couvrir peu à peu d'un tapis moelleux de tendres pousses d'herbes, de toutes les nuances possibles de vert.

Si elles étaient restées davantage, elles auraient vu ce bout de désert fleurir et devenir le plus merveilleux des jardins.

Fragrance

Comme beaucoup d'autres, les anciens du peuple fréquentaient depuis longtemps la demeure du riche Yehoyakim. Il était bien vu, pour les affaires, de se montrer à ses côtés. L'homme possédait de grands biens. Profitant de la position de sa ville sur la route des grands échanges marchands, il avait bâti sa fortune sur le commerce de la myrrhe, de l'ambre, de l'encens et autres essences précieuses pour la fabrication des parfums pour le culte de YHWH. Il était fier de sa réussite, qu'il vivait comme le signe de la bénédiction de Dieu sur son entreprise. Pour son plaisir personnel, afin de se délasser à son retour de ses expéditions, il avait aménagé, grâce à un savant détournement des eaux du Perat, un jardin luxuriant – victoire sur la région désertique –, que bon nombre lui enviaient. L'âge venant, ainsi que le succès de ses affaires, il profitait quotidiennement aux heures les plus chaudes du jour, de la fraicheur que lui procuraient ses arbres. Ses serviteurs racontaient qu'il avait aussi introduit des paons, des cygnes, des canards et autres espèces rares, ramenés de ses voyages. Mais personne n'avait pu les voir faute d'y avoir été expressément invité par le maître de maison. De plus, pour protéger son repos des regards trop curieux, Yehoyakim avait fait enclore son parc de haies bien fournies qui entretenaient le mystère. Des promeneurs rapportaient toutefois qu'aux abords du lieu flottait à l'aurore le parfum léger et subtil des roses, alors que le soir, au soleil couchant, c'étaient les notes plus lourdes du jasmin, du chèvrefeuille ou des iris qui se dégageaient, entêtantes.

Il avait pris pour épouse une femme très belle nommée Shoshannah, fille d'Helkias, un homme juste et respecté à Babel, qui avait élevé son enfant selon les lois de Moshé. Mais ce dont Yehoyakim était tombé amoureux à la première rencontre, c'était de cette odeur hespéridée qui émanait d'elle et qui – sitôt qu'il fermait les yeux – lui évoquait tour à tour la bergamote, la fleur d'oranger ou le cédrat. Toute sa personne produisait en lui un éblouissement olfactif, sans cesse renouvelé, dont il ne se lassait jamais. Il explorait chaque fois avec la même volupté les arômes presque salés le soir de sa nuque moite, à l'implantation de la chevelure ; les notes plus subtiles qui couraient le long de ses bras à la peau fine et délicate, se renforçant dans la pliure du coude ; celles plus ambrées, plus rondes, plus gourmandes sous les seins généreux – pointe de vanille (souvenir d'une découverte inattendue chez un parfumeur dans le bazar de Meggido, sur la route de Byblos), de labdanum – qui éclataient en senteurs chaudes, résineuses, voire terreuses, d'opopanax ou de myrrhe. Elle aurait pu à ces moments-là lui demander n'importe quoi : elle régnait sur lui, innocente déesse ignorante de sa toute-puissance.

Chaque midi, lorsque les visiteurs du matin se retiraient, Shoshannah entrait dans le jardin de son mari et s'y promenait. Elle aimait ce lieu pour son calme et la paix qu'il lui procurait, tranchant avec les tragédies ou comédies, réelles ou feintes, dont sa maison avait été le théâtre. Les volatiles confiants accouraient joyeusement vers elle, sûrs de recevoir graines ou miettes de sa main généreuse. Elle appréciait leur simplicité. Allant ensuite faire le tour des rosiers, elle se penchait pour humer leurs parfums délicats ; elle avait appris à distinguer les roses de Damas, de Tachys, celles de Praeneste, de Milet, de Pangée, d'Alabande, que son époux couvait de soins jaloux. Mais elle se méfiait toujours de leurs épines perfides et aurait préféré des parterres plus simples, des narcisses, des jacinthes ou du muguet. Ses pas la conduisaient ensuite infailliblement au cœur du jardin où une fontaine dispensait généreusement la fraîcheur de ses eaux. Elle s'asseyait alors sur le rebord humide de la vasque et fermait les yeux en laissant sa main à la surface. Elle rêvait qu'elle partageait ce moment de délices avec son mari.

Car en réalité, la solitude pesait souvent sur Shoshannah : elle sentait parfois que son époux ne la considérait que comme un ornement de sa maison – et savoir qu'elle en était le joyau le plus précieux ne la rendait pas plus heureuse pour autant. Être devenue mère ne lui avait rien apporté d'autre qu'un surcroît de respect ; ses enfants, sitôt nés, lui avaient été retirés pour être confiés à une foule de serviteurs afin qu'elle redevienne chaque fois au plus vite la femme désirable qu'il avait acquise. Les jours où la mélancolie la gagnait en repensant à son enfance joyeuse dans la maison de son père, elle prenait sur elle de faire bonne figure en s'obligeant à sourire avec davantage de douceur et d'attention à ses servantes, son époux ou aux hôtes qu'elle croisait dans sa demeure.

C'est ainsi que deux hommes qui fréquentaient la maison de Yehoyakim se méprirent sur ce sourire, deux anciens qui avaient été désignés parmi le peuple pour être juges cette année-là, deux garants du droit, de la loi mosaïque reçue de l'Eternel.

Et lorsqu'en plus, l'espace d'un court instant, ils sentirent dans son sillage le parfum subtil qui toujours émanait d'elle, ils devinrent fous de désir et totalement oublieux de leur état et qualité. Rongés par leur passion, ils perdirent tout respect d'eux-mêmes et de leur hôte généreux et se mirent à espionner la jeune femme, guettant une opportunité...

C'est ainsi qu'un midi où la chaleur était particulièrement forte, deux serpents s'introduisirent dans le jardin. Bientôt à son tour la jeune épouse y entra. Elle donna à manger de sa main délicate aux différents volatiles, fit comme à l'accoutumée le tour des rosiers, mais elle fut vite lasse. Elle avait déjà nourri les bêtes, elle avait déjà humé des dizaines de fois ces roses ; combien de fois allait-elle encore le faire dans son existence ? A trop sentir leur parfum, son nez s'était habitué et ne s'extasiait plus comme au début. Ce jour-là, il lui sembla même que l'odeur du fumier dont s'était servi le jardinier à l'aube pour soutenir la croissance des fleurs prenait le dessus sur celles-ci ! En arrivant à la fontaine, une idée lui vint alors pour briser la monotonie de sa journée : pourquoi ne pas se baigner, en profitant de la fraicheur de l'eau et de la beauté de la végétation autour du grand bassin ? Aussitôt, toute joyeuse de sa trouvaille, elle alla faire part à ses deux servantes de son idée et leur demanda de fermer les portes du jardin et de lui rapporter tout le nécessaire pour se laver et se parfumer à son aise. Puis elle retourna auprès de la fontaine et, sous le couvert des arbres, elle commença sans plus attendre à se dévêtir.

Les serpents sournois, à ce spectacle, furent hypnotisés. La peau laiteuse qui se devinait davantage à chaque voile ôté les laissait bouche bée. Courbés sous les haies, leurs ventres flasques dans la poussière, ils goûtaient presque du bout de leurs langues la chair de leur insouciante victime, dont les courbes voluptueuses achevaient d'affoler leurs sens. C'en était trop : elle n'avait pas eu le temps d'entrer dans l'eau que déjà, ils se jetaient en avant, voulant profiter de la terreur et de la confusion de la jeune femme pour la forcer. Mais ils l'avaient mal jugée ; contre toute attente, elle leur résista farouchement. Elle cria pour appeler ses servantes à la rescousse ; mais eux, emplis de haine, la menacèrent de la dénoncer pour adultère si elle ne se taisait ! Bientôt, leurs sifflements sauvages et stridents avaient ameuté toute la maisonnée, y compris le mari qu'ils auraient trompé sans aucune once de scrupule un moment auparavant s'ils en avaient eu la possibilité !

Bien que leur faim ait été inassouvie, les deux bêtes jubilaient : le mensonge faisait son œuvre. La foudre s'était abattue sur la maison du respectable Yehoyakim.

La nuit fut brûlante. Le vent du désert s'était levé et avait transporté avec lui l'incroyable nouvelle. Personne n'avait dormi dans toute la région. Le lendemain, dès l'aube, encore plus tôt que les autres matins, arrivèrent de toute la ville une foule de personnes, encore plus nombreuses que d'habitude, attirées par le parfum du scandale : le renom de beauté et de piété de Shoshannah et la curiosité malsaine de voir cette femme qui avait failli et ce riche marchand qu'elle avait déshonoré. Lui, depuis la veille, était abasourdi.

Abasourdi et blessé. Il ne pouvait croire que cette femme qu'il avait choisie avec tant de soin, qu'il avait entretenue avec tant de sollicitude, qu'il avait aimée avec tant de passion, s'était souillée comme une vulgaire prostituée ! Comment pourrait-il désormais, en se penchant sur elle, ne pas rechercher la trace de l'odeur âcre du profanateur ? Elle s'était laissée séduire, cueillir, elle avait abandonné sa place d'élection parmi toutes les fleurs de ses parterres. Bouleversé, il avait refusé de l'écouter ; malgré ses supplications déchirantes, son visage baigné de larmes, il était demeuré inflexible et lui avait refusé l'accès à sa compassion. A quoi bon ?

Depuis les origines, la femme est celle par qui le péché est entré dans le monde, elle est la tentatrice de l'homme. Il avait eu la faiblesse de croire que la sienne serait l'exception à la règle ; mais la blessure qui lui fendait le cœur le ramenait à l'évidence : la beauté et la piété étaient le masque de l'impureté et du vice, et c'est à *ça* qu'il avait accordé sa confiance ! Lui qui la veille l'idolâtrait se sentait maintenant souillé physiquement de s'être uni à pareille succube. Et puis il avait ensuite pensé à sa réputation. Il allait passer pour un faible, ce qui n'était pas bon pour ses affaires et son commerce ; dans les tavernes, il allait devenir un sujet de risée. Alors il prit une décision : tant que l'adultère ne serait pas jugé, il ne paraîtrait pas en public ; mieux valait voir comment les choses allaient tourner et ne pas exposer sa honte à la vue de tous.

Les deux anciens iniques menèrent la danse. Sitôt arrivés, ils se posèrent comme juges et parties et commandèrent qu'on aille chercher Shoshannah, fille d'Helkias. Ils omirent sciemment d'évoquer son lien avec Yehoyakim ; après tout, c'était un homme influent dont ils pourraient encore à l'avenir avoir besoin. Inutile de se le mettre à dos en l'humiliant. La foule assemblée s'écarta devant elle lorsqu'elle parut à la porte, saisie de pitié pour le spectacle touchant qu'elle présentait, beauté douloureuse voilée de tissus vaporeux, entourée de ses jeunes enfants, de ses parents et de ses proches. Profitant de leur position de pouvoir, les deux anciens poussèrent l'abus jusqu'à lui commander de dévoiler son visage aux yeux de tous. L'assistance était trop touchée pour remarquer l'éclair de satisfaction qui passa alors dans le regard des juges qui allaient pouvoir en toute légalité se repaître de la vue de ses traits délicats et humilier celle qu'ils n'avaient pu posséder. Les deux hommes s'avancèrent bientôt devant tous pour déclarer avec aplomb :

« Voilà ce dont nous avons été témoins. Hier, en fin de matinée, nous nous promenions dans le jardin de notre hôte dont personne jamais ne mettra en doute la probité, le respectable et respecté Yehoyakim, devisant sur nos affaires. Nous nous croyions seuls quand nous avons vu cette femme y entrer avec deux servantes. Elle a fermé les portes et les congédia aussitôt. Alors un jeune homme jusque-là caché est venu vers elle et, sous nos yeux, il s'est uni à elle. Sitôt revenus de notre surprise première, nous avons couru vers eux pour faire cesser ce crime. En nous voyant, le jeune homme s'est enfui et nous n'avons pu nous emparer de lui, vu notre âge. Il a ouvert la porte et il s'est échappé. Mais elle, nous l'avons saisie, et nous lui avons demandé qui était ce jeune homme, mais elle n'a pas voulu nous le dire. »

Les pleurs inondèrent le visage de Shoshannah à mesure que le mensonge nauséabond était déroulé. Mais malgré cela, l'assemblée crut vrai le témoignage abject des deux hommes car c'étaient des anciens du peuple et des juges et la femme fut condamnée à mort. En quelques minutes, le jugement avait été rendu. A l'énoncé de la sentence toutefois, l'assistance s'émut. C'est alors que la jeune femme que n'entendait ni son époux, ni le peuple, cria vers Dieu. Ecartant d'un geste décidé son voile, laissant dans le sillage de son bras la fragrance subtile de roses qu'elle exhalait ce jour-là, elle lâcha la main compatissante de ses proches et avança de quelques pas avec confiance, les yeux et les mains levés au ciel. Le silence se fit.

« Dieu Eternel, Toi qui pénètres les secrets des cœurs, Toi qui m'as tissé dans le sein de ma mère, Toi qui ne veux perdre aucun de Tes enfants, Père, je crie vers Toi, pose Ton regard sur moi. Entends ma plainte ! Tu sais que ces hommes ont porté contre moi un faux témoignage. Tu sais que je n'ai rien fait de ce que leur méchanceté a imaginé contre moi. Ne m'abandonne pas à l'heure de ma mort ! »

Un frisson parcourut l'assemblée. Ce n'était plus la belle Shoshannah, l'épouse enviée du riche Yehoyakim qui était devant eux ; c'était la figure même de l'innocence bafouée, tous le pressentaient. Il y eut un bref instant de flottement dans lequel s'engouffra un jeune garçon du peuple auquel personne n'avait encore prêté attention. Il se mit sur la pointe des pieds pour mieux se grandir et, les mains en porte-voix, il s'époumona : « Je suis innocent de la mort de cette femme ! » A ces mots, autour de lui, les gens sortirent de leur torpeur. On s'émut : c'était Daniyel, leur jeune voisin, un garçon pieux, sans histoire. Le vent, qui s'était quelque peu apaisé depuis l'aube, se leva de nouveau à ce moment-là, une brise légère au début, puis des rafales de plus en plus fortes. Que cela signifiait-il ?

L'enfant persista. Au centre de l'assemblée, il affirma sans peur : « Vous êtes donc fous ? Sans interrogatoire, sans recherche de la vérité, vous avez condamné une fille d'Yisra'el. Revenez au tribunal, car ces gens-là ont porté contre elle un faux témoignage. » Le peuple obtempéra devant une telle autorité et l'on invita Daniyel à siéger au milieu des anciens, reconnaissant que l'Eternel avait déjà fait de l'enfant l'un des leurs.

Celui-ci prit le procès en main. Il s'assit, le visage grave. Puis il demanda à ce que l'on sépare les deux accusateurs. Il convoqua ensuite le premier, et les mots qui sortirent de sa bouche montrèrent à tous qu'il était habité de l'Esprit du Seigneur :

« Toi qui as vieilli dans le mal, tu portes maintenant le poids des péchés que tu as commis autrefois en jugeant injustement : tu condamnais les innocents et tu acquittais les coupables, alors que le Seigneur a dit : "Tu ne feras pas mourir l'innocent et le juste." Eh bien ! si réellement tu as vu cette femme, dis-nous sous quel arbre tu les as vus se donner l'un à l'autre ? »

Décontenancé par la tournure que prenaient les événements, l'homme effaça d'une main tremblante quelques gouttes de sueur qui perlaient à son front, diffusant dans son geste un relent âcre. « Sous un sycomore. », répondit-il. Daniyel ne laissa transparaître sur son visage aucune émotion et énonça simplement avec sérieux :

« Voilà un mensonge qui te condamne : l'Ange de Dieu a reçu un ordre de Dieu, et il va te mettre à mort. »

Les mâchoires serrées, le vieillard blêmit. On le renvoya et l'on amena l'autre. A celui-ci, Daniyel déclara, toujours bien calé dans son siège, les yeux mi-clos,:

« Tu es de la race de Kena'an et non de Yehoudah ! La beauté t'a dévoyé et le désir a perverti ton cœur. C'est ainsi que vous traitiez les filles d'Yisra'el, et, par crainte, elles se donnaient à vous. Mais une fille de Yehoudah n'a pu consentir à votre crime. Dis-moi donc sous quel arbre tu les as vus se donner l'un à l'autre ? »

Comme son compère avant lui, l'homme fut ébranlé par l'autorité qui émanait du jeune garçon et répondit d'une voix blanche : « Sous un châtaigner. » Daniyel, de même que pour le premier des deux hommes, reprit :

« Toi aussi, voilà justement un mensonge qui te condamne : l'Ange de Dieu attend, l'épée à la main, pour te châtier, et t'exterminer. »

Alors Daniyel se leva et passa son chemin. Il avait répondu à la motion qui l'avait poussé en avant et était le premier à s'en étonner. L'assemblée, convaincue d'avoir vu Dieu répondre à la prière poussée par Shoshannah, se mit à bénir, dans une grande louange, le Seigneur qui sauve ceux qui espèrent en Lui. Dans la liesse générale, nul ne remarqua que Daniyel s'était arrêté auprès de Shoshannah et personne n'entendit les quelques mots qu'il lui adressa avant de repartir : « L'homme a fait de toi une rose, en ce jour l'Eternel fait de toi une femme. Une femme n'a pas besoin d'un jardinier mais d'un mari. Cela aussi le Seigneur te le donne. » Le vent soufflait de plus en plus fort, accompagnant la danse de joie des hommes et des femmes.

Ce soir-là, conformément à la loi de Moshé, la vie des deux anciens, convaincus de faux témoignages par leur propre bouche, fut retranchée de la terre des vivants.

Ce soir-là, par la grâce de l'Eternel, la vie de Shoshannah, fille d'Helkias, lui fut rendue en plénitude.

Durant toute la nuit qui suivit, la tempête se déchaîna sans discontinuer sur la ville au bord du désert. Lorsque Yehoyakim se réveilla, il constata que son jardin si amoureusement créé et entretenu avait été dévasté : envolés les volatiles d'ornement, arrachés les massifs de roses, déracinés les arbustes, dépouillés de leurs plus belles branches les arbres aux fières ramures ! Il ne subsistait plus grand-chose de l'endroit paradisiaque qui avait fait sa fierté. Pire, ce matin-là, il se rendit compte qu'il ne sentait plus l'odeur enchanteresse de sa femme. En perdant l'odorat, il venait de perdre ce qui lui avait jusque-là permis sa fabuleuse réussite mais surtout ce qui avait construit tout son monde intérieur. Dépouillé de tout, il lui semblait être seul, perdu dans les ténèbres.

Un contact doux et chaud le fit tressaillir : la main de sa femme était posée sur son épaule. Il se tourna vers elle, soudain terriblement conscient de lui avoir manqué.

Il l'avait rejetée, abandonnée ; elle aurait eu tous les droits de le repousser en retour. Mais elle était là, debout à ses côtés en ce temps d'épreuve. Sans vraiment la connaître, n'avait-il pas préjugé de sa valeur ? Empli d'un respect nouveau envers son épouse, il recouvrit sa main de la sienne. Une larme perla au coin de son œil.

Longtemps ils parlèrent ce jour-là ; un nouveau départ, exaltant comme tout début, attendait l'intelligent commerçant, où tout était à rebâtir : son couple, sa famille, sa fortune. « Si je traverse les ravins de la mort, je ne crains aucun mal, car Tu es avec moi », s'entendit-il murmurer tendrement. Il sourit. Il avait la plus parfaite des roses, sans aucune épine, dans le jardin de son cœur. Cela suffisait à son bonheur.

Le Jardinier

A Jean-Patrick L.

Je m'appelle Yohanan bar Yaaquob. Comme mon père et mon grand-père avant moi, je suis jardinier. J'habite une modeste maison de pierre, que j'ai construite de mes mains, un peu à l'écart en sortant de la Ville, où je cultive un petit potager pour nourrir ma famille. Je vais aussi aider mes voisins et nous allons une fois par semaine vendre nos légumes au marché. Ce jour-là, nous chargeons les paniers sur nos ânes dès l'aube et nous nous mêlons aux caravanes qui franchissent les portes de la citadelle, apportant épices, parfums et tissus de lointains horizons, au rythme nonchalant des chameaux aux harnachements bigarrés qui nous toisent de leur regard de velours. C'est à chaque fois le même joyeux spectacle haut en couleurs ! J'ai l'impression que toutes les richesses du monde sont devant moi et je dois lutter pour ne pas succomber à cette vague enivrante.

Mais s'il est une activité que je préfère encore davantage à toute cette agitation, c'est aller entretenir le jardin de Yosef Ha-Ramathaïm. Lui, c'est un riche, un lettré qui a, paraît-il, ses entrées au Conseil des anciens d'Yisra'el… Mais je l'aime bien. Il a toujours un mot gentil pour moi quand il me voit. Contrairement à certains de mes patrons, qui se disent pourtant religieux, il se souvient de qui je suis et me demande sans affectation ni condescendance des nouvelles de la famille, de ma femme, des enfants, de mon vieux père. Si j'osais, je dirais que j'ai un ami riche. Mais jamais je ne dirais une telle chose. Je suis un homme simple ; je me réjouis de peu. Entendre le rire de mes enfants, voir ma femme m'accueillir sur le pas de la porte quand je rentre, prendre soin de mes arbres, m'occuper de mon petit poulailler, de mon mouton, de ma chèvre et de mes deux ânes, ou regarder la pluie féconder mon travail suffisent à me rendre heureux. Je n'aspire qu'à voir le sourire de ma femme, à pouvoir donner à manger mes enfants, partager avec plus pauvre que moi et ne pas offenser mon Créateur.

Mon grand plaisir donc, disais-je, quand j'en ai le temps ou que l'on me demande, c'est de me rendre dans le jardin de Yosef. Il est un peu à l'écart. Quand je m'y rends, je charge sur ma monture quelques outils et ma besace avec de quoi me rafraîchir : je sais que je vais y passer un bon moment. On y accède par un chemin escarpé, aux pierres irrégulières. Par-dessus le petit muret qui enclot la propriété, débordent généreusement les feuilles des palmiers orgueilleux, dispensant une ombre bienvenue. Ce sont alors pour moi les prémices du bonheur. Je vais bientôt pénétrer dans ce jardin qui semble toujours prêt à m'accueillir. Et je redécouvre, avec un émerveillement toujours renouvelé, les oliviers, plantés par les générations précédentes, leur ramure argentée contrastant avec les branches tortes et les troncs m'évoquant des créatures fantastiques, serpents pétrifiés enserrant dans leurs nœuds l'écorce grisâtre. En s'enfonçant sous les oliviers, on accède plus loin au cœur du jardin, le verger : dattiers, figuiers, pommiers, citronniers, orangers, mûriers ; rien ne manque. Tour à tour, ils se couvrent de fruits charnus et colorés dont le spectacle réjouit mon cœur autant que leurs sucs délicieux contentent ma gourmandise. C'est alors la récompense suprême de mon travail. Mais devrais-je même m'en attribuer le mérite ? Je ne suis que l'humble intermédiaire entre Dieu et les plantes ; je ne fais qu'aider la nature à donner ce qu'elle a de meilleur en elle. Au fond, je crois que c'est cela que j'aime : m'émerveiller et contempler sans jamais me lasser l'œuvre du Créateur – luxuriance de la végétation, générosité des fruitiers. Quel contraste reposant avec notre vie faite de calculs en tout genre ! Quelle bonté !

Je médite souvent sur tout cela dans la petite grotte naturelle que j'ai trouvée tout au fond du verger un jour particulièrement écrasant de soleil où je cherchais un peu de fraîcheur pour manger et me reposer. Depuis, je m'y réfugie volontiers. J'aime son ombre protectrice et rassurante. Au fond, on y trouve une sorte de petit banc où j'ai juste la place de m'allonger. Là je peux penser, pleurer, prier, je peux même crier ; j'en sors toujours apaisé. J'aime à penser que je suis seul à connaître cet endroit et en même temps j'espère toujours secrètement une rencontre, comme la fois où une jeune grenouille est venue consoler mon cœur lourd : je n'ai pu m'empêcher de sourire à la vue de ses petits bonds désordonnés et maladroits.

*

Il y a quelques mois, je suis monté à la Ville comme à l'accoutumée. Mais cette fois j'y perçus un parfum inhabituel de fébrilité. J'y fis malgré tout de bonnes affaires. Sur le chemin du retour, un peu étourdi de fatigue par le bruit incessant et la chaleur étouffante de la fin du jour, j'attrapai quelques bribes de conversations de mes compagnons. Il y était question du Temple et d'un jeune rabbi. Nous quittâmes la route principale. Le chemin se rétrécissait peu à peu. Bientôt nous fûmes obligés de nous ranger les uns derrière les autres. Je m'étonnai : je ne connaissais pas cet itinéraire. Où étions-nous ? Mon âne s'impatientait, pressé de se mettre au repos. J'avais du mal à lui faire maintenir son allure tranquille et je commençais à m'inquiéter. Quand mon camarade devant moi entendit mon interrogation, il se retourna et je vis alors un visage inconnu qui me terrifia : ses yeux étaient injectés de sang et il souriait en ouvrant tout grand sa mâchoire dans laquelle brillaient des crocs de bête féroce, du moins comme ceux que j'avais souvent imaginés quand mon cousin, qui garde les troupeaux pour de riches propriétaires, me parlait des loups qui attaquaient parfois ses moutons en pleine nuit. Je hurlai et tombai à terre.

Lorsque j'osai ouvrir les yeux, je vis mes compagnons inquiets, affairés autour de moi. On me tendit une gourde d'eau et on me fit manger quelques figues. J'étais sur la route habituelle du retour, à peu de distance de notre village. On m'expliqua que je m'étais endormi, bercé par la régularité du pas de ma monture et que j'avais brusquement perdu mon fragile équilibre à califourchon sur mon animal. C'était cette sensation soudaine qui m'avait surpris et arraché ce cri. Je confirmai leurs propos et gardai pour moi l'étrange songe qui m'avait si vivement effrayé.

*

L'hiver arriva. Les travaux de la terre se firent moins prenants. J'en profitais pour réparer l'enclos de mes animaux et être davantage auprès de ma femme, que je sentais parfois me reprocher une certaine distance, voire me regarder d'un œil suspicieux. Depuis que mon père, malade, était devenu dépendant, je sentais le malaise gagner progressivement notre famille, comme la goutte d'huile tombée qui s'élargit peu à peu au contact de la surface. Nous essayions tous de déployer pour lui des trésors de patience mais nous nous épuisions devant cet homme tyrannique, que la vieillesse rendait toujours plus amer.

Quand Yosef me fit appeler pour effectuer chez lui quelques travaux, je saisis donc l'occasion pour m'éloigner quelques heures de l'atmosphère pesante qui régnait chez moi. Hélas, ma joie fut de courte durée et s'envola aussitôt que j'appris ce qu'il attendait des hommes qu'il avait réunis ce jour-là. Nous devions excaver avec soin la petite grotte au fond du jardin afin d'y préparer son futur tombeau. Lui aussi appréciait cet endroit, au point de souhaiter en faire son lieu de repos éternel.

Le travail fut harassant. Je n'avais pas la force physique d'un ouvrier habitué au rude labeur du tailleur de pierres. Mes légumes, même une fois rassemblés et liés en bottes au plus fort de la saison, ne pèsent pas bien lourds et ne m'avaient jamais aidé à acquérir la carrure d'un Samson !

Sur mes conseils, Yosef accepta l'idée de garder le banc naturel de pierre. De par sa forme et sa position dans la grotte, il se prêterait naturellement à accueillir son corps, comme il avait jusqu'à présent accueilli le mien. On nettoya ensuite la cavité et Yosef invita ses ouvriers à célébrer la fin du chantier. Mais, même si je me réjouissais sincèrement que cette belle grotte puisse servir à un homme de bien comme Yosef, je ne pouvais m'empêcher d'éprouver un pincement au cœur : désormais elle n'était plus mienne. Ce ne serait plus jamais ce petit refuge sauvage, crayeux, isolé, auquel on accédait en se courbant derrière les branchages du fond et où l'on pouvait y trouver des grenouilles aventureuses. La maçonnerie propre et les étayages que nous avions réalisés lui donnaient un aspect solennel qui m'intimidait. Et puis, ce n'était plus un endroit secret.

Quelques jours après, avec nos voisins, nous sommes montés au Temple comme nous avions coutume de le faire chaque année pour la fête de la Dédicace. C'était comme d'habitude une joyeuse cohue dès l'entrée dans la Ville ! Il fallait tantôt savoir jouer des coudes, tantôt patienter et laisser passer des convois. De toute façon, on n'était pas pressé : il n'était pas question de faire des affaires pour une fois. Plus nous approchions, plus la foule devenait compacte, hétéroclite et colorée. J'avais le temps d'admirer ces riches pèlerins qui arrivaient de loin, revêtus d'étoffes soyeuses. Se pressaient aussi au milieu de nous une faune étrangement familière et en même temps toujours déconcertante de mendiants crasseux, vrais ou faux estropiés, qui quémandaient la charité des fidèles. Une fois que nous avions pénétré enfin dans le Temple, que nous nous étions extirpés de ces multiples solliciteurs, il nous fallait encore contourner les comptoirs des marchands et des changeurs ou les chantiers en cours des tailleurs de pierre installés là pour poursuivre la construction du gigantesque édifice. Ça criait, ça piaillait, ça bousculait…

Après les purifications, j'ai pu aller au-delà de l'Esplanade et prier. L'ambiance était différente dans ce lieu et enfin propice au recueillement. Quand je suis redescendu, sous la colonnade de Shelomoh, il y avait un attroupement de prêtres, de lévites et de fidèles autour d'un homme qui avait l'air, de là où je me trouvais, plutôt jeune. J'entendis autour de moi que c'était un rabbi qui faisait beaucoup parler de lui depuis peu, annonçant le Royaume de Dieu. C'était de ce personnage dont mes voisins parlaient déjà il y a quelques mois. Je n'arrivais pas à bien saisir ce qui se disait mais je percevais sur le visage de ceux qui entouraient l'homme une grande tension. Je tentai de me faufiler pour m'approcher. « … brebis… ma voix… leur donne la vie éternelle… » Je m'arrêtai bientôt en voyant les hommes tout devant ramasser des pierres. Je pris peur car je compris qu'ils étaient à deux doigts de lapider le rabbi devant eux. La foule alors soudain se tut. Le rabbi promenait son regard sur eux et ne tremblait pas. Il prononça d'une voix ferme : « J'ai multiplié sous vos yeux les œuvres bonnes qui viennent du Père. Pour laquelle de ces œuvres voulez-vous me lapider ? »

Aussitôt de plusieurs personnes à la fois autour de lui jaillit ce cri : « Tu blasphèmes ! Tu n'es qu'un homme et tu dis être Dieu ! » L'homme ne se troubla pas et nous entendîmes tous distinctement sa réponse : « N'est-il pas écrit dans votre Loi : "J'ai dit : Vous êtes des dieux ?" Elle les appelle donc des dieux, ceux à qui la parole de Dieu s'adressait, et l'Écriture ne peut pas être abolie. Or, celui que le Père a consacré et envoyé dans le monde, vous lui dites : "Tu blasphèmes", parce que j'ai dit : "Je suis le Fils de Dieu". Si je ne fais pas les œuvres de mon Père, continuez à ne pas me croire. Mais si je les fais, même si vous ne me croyez pas, croyez les œuvres. Ainsi vous reconnaîtrez, et de plus en plus, que le Père est en moi, et moi dans le Père. »

Ces paroles se sont ancrées en moi mais, je l'avoue, je n'ai pas compris grand-chose à cela… si ce n'est l'histoire du blasphème. Je saisissais clairement maintenant pourquoi l'homme risquait la lapidation. Là-dessus, je le vis partir d'un pas ferme, entouré de quelques amis qui lui faisaient comme une escorte et, malgré quelques tentatives pour le rattraper, il réussit à échapper au courroux qu'il avait déclenché.

Le temps, un instant suspendu aux lèvres du scandaleux prédicateur, reprit immédiatement son cours. Le volume sonore remonta aussitôt et me parut désagréable. Comme dans un rêve, je vis défiler devant moi dans une sorte de ralenti des visages, pour certains déformés, des regards où se lisait la haine, des lèvres formulant de muettes imprécations.

Quand je repris mes esprits, le charme de cette journée était rompu. J'étais presque triste en rejoignant notre groupe pour rentrer, sans trop savoir pourquoi.

*

Au cours des mois suivants, on me rapporta de nombreuses histoires racontées par ce rabbi. Il allait de village en village annoncer le Royaume de Dieu et son langage parlait au jardinier que je suis : c'étaient des histoires de champs, de grain de blé, de figuier, de moutarde, de vigne. Cet homme, décidément, me plaisait. En revanche, était-il le Mashiah que nous attendions ? Il semblait un homme bon, versé dans les Ecritures, capable de prodiges. J'entendis parler de guérisons. Dans notre village, quelques jeunes hommes étaient partis pour tenter de le rejoindre et de suivre son enseignement. J'aurais aimé les accompagner pour le rencontrer, mais j'avais trop à faire. Et ma femme n'aurait pas compris.

On avait tellement de mal à s'entendre à ce moment-là de notre vie. Ma Tabitha était dotée d'une intelligence vive et instinctive que j'admirais autant que je redoutais. Auprès d'elle, je m'étais parfois senti comme un enfant, porté, et en même temps malheureux car incapable de rivaliser d'esprit avec elle. A cette époque, nous accumulions l'un envers l'autre depuis quelques mois – trop longtemps à mon goût – des reproches sur la conduite de notre foyer. Les soins quotidiens que sollicitait mon vieux père n'arrangeaient pas notre situation. La moindre contrariété pouvait être l'étincelle qui entraînait un départ de feu. Mon père m'avait fait vivre, à moi comme à ma mère et mes frères et sœurs, une existence difficile, faite de dur labeur, de rudes corrections et de nombreuses injustices. Nous n'avions jamais bronché mais je m'étais promis très jeune de ne jamais faire subir cela un jour à ma famille, de ne jamais frapper ma femme et d'être doux et mesuré, avec l'aide de Dieu. Tabitha avait été le cadeau du Ciel. Avec elle, je m'étais libéré ; pour elle, j'avais construit ma maison – je lui aurais décroché la lune et les étoiles. Elle connaissait mon histoire, mes blessures. Et pourtant c'était d'elle qu'aujourd'hui venaient les attaques et les doutes. Elle me reprochait de fuir les discussions, de me décharger de l'éducation des enfants, de ne pas prendre sa défense face à mon père, de trop travailler – de ne pas être comme elle, au fond, solide comme le roc. Alors c'est vrai que je me réfugiais dans mon jardin ou dans celui de Yosef dès que je sentais l'orage gronder. Mais je préférais évacuer ma colère, mes doutes, mes peurs, seul, plutôt que laisser s'échapper un comportement que j'aurais ensuite regretté.

Mon père mourut. Je confesse que j'en ressentis un certain soulagement et que j'en espérais un retour à la paix dans ma maison, à moindre frais.

*

J'étais dans un grand pâturage verdoyant, entouré d'un immense troupeau de moutons. C'était la fin de la journée, je devais les ramener dans leur enclos avant le crépuscule. J'étais seul et, comme je n'avais pas l'habitude, j'avais du mal à me faire entendre des chiens. Je commençais à m'inquiéter. C'est alors que surgit de nulle part, toutes dents et pattes en avant, un énorme loup gris, qui fondit sur les bêtes du côté droit du troupeau. Ce fut aussitôt un carnage sanglant. La panique s'empara du reste des animaux qui se jetèrent dans une fuite éperdue pour échapper au terrible prédateur. Je ne savais pas quoi faire : j'avais envie de les rassurer mais j'avais moi-même très peur. Je levai mon bâton dans un sursaut de courage et frappai la bête sur la tête afin de la mettre en fuite. Surprise, elle leva des yeux rouges sur moi et j'y lus de la haine. Elle releva ses babines ensanglantées de frais et me montra des crocs monstrueux, en un rictus terrifiant. Elle s'approcha de moi. Je ne pouvais reculer, hypnotisé, prisonnier de ce regard de mort. Je pouvais maintenant sentir son haleine fétide. Dans une seconde, je sentirai l'acier de ses dents se refermer sur ma gorge. Je hurlai et me réveillai trempé de sueur. J'étais allongé dans notre chambre et le jour était déjà levé. Au loin, un coq chantait.

C'est au matin de ce jour-là que j'appris que l'on avait arrêté le rabbi Yeshua.

*

J'étais très occupé, car c'était le jour de la préparation de la grande fête de Pessah. Pourtant Yosef me fit demander de venir de toute urgence. Il était, paraît-il, en proie à une grande agitation et on m'expliqua confusément qu'il était disciple, mais en secret, de ce rabbi. En secret ? Mais pourquoi ? Beaucoup de personnes le suivaient. Rien que là où nous vivions, je pouvais citer Shimon bar Benyamin ou Yonah bar Yekonias. Vraiment, j'avais du mal à comprendre. Je dus donc laisser une fois encore ma femme se charger de la maisonnée, sans trop savoir à quel moment j'allais pouvoir revenir. Puis j'emboîtai sans tarder le pas de son serviteur, accompagné par quelques hommes qui travaillaient eux aussi ponctuellement pour Yosef.

Nous ne vîmes pas le maître comme je l'aurais espéré. Dans le jardin de sa propriété régnait une grande effervescence et je vis des serviteurs les yeux rougis par les larmes. On nous demanda de nettoyer le tombeau préparé quelques mois plus tôt, puis de ramener vers l'entrée l'énorme pierre qui devait clore le sépulcre. Elle était d'un poids incroyable et nous dûmes nous y mettre à une dizaine de personnes pour la déplacer. Mais je ne comprenais pas ; Yosef était en pleine santé. Pourquoi était-il si urgent d'apprêter son tombeau ? La tension était palpable d'heures en heures, au gré des nouvelles qui nous parvenaient à intervalles réguliers de la Ville au sujet du rabbi Yeshua. Les Anciens et le peuple avaient demandé sa mort. Le peuple ? Mais c'était lui qui avait suivi ses enseignements, qui l'avait acclamé quelques jours auparavant à ce qu'on m'avait rapporté, c'était lui qui avait bénéficié de miracles et de guérisons extraordinaires. Il devait me manquer des informations. Assurément un événement qui m'échappait avait dû provoquer ce soudain revirement. Le Conseil des Anciens était le garant de la Loi de Moshé, ses membres des hommes éclairés. Il ne pouvait pas se tromper.

Nous fûmes surpris au milieu de nos travaux par la nuit qui tomba brusquement en plein milieu du jour. Nous perdîmes tout repère. L'obscurité avait une densité surprenante, épaisse, et je fus pris comme les autres d'une terreur panique devant ce prodige. Mes sens étaient vains. La nature même que j'aimais tant me devenait hostile : les arbres me frappèrent, leurs racines me jetèrent à terre. Je sentis au sol grouiller sur mes mains des êtres visqueux ; qu'était-ce ? Je me souviens avoir été traversé par la brève pensée que c'était l'heure des ténèbres, celle accompagnant la fin des temps. J'étais tellement oppressé que je finis sans doute par perdre connaissance. Quand je repris pied dans la réalité, je vis des flambeaux autour de mes compagnons et de moi-même : des serviteurs étaient venus depuis la maison de Yosef nous apporter une salutaire clarté.

Beaucoup plus tard, quand la lumière du jour revint, je me rendis compte qu'aucun nuage n'avait voilé le soleil.

*

Je ne pus parler du reste de la soirée. Tabitha fut compréhensive ; les enfants et elle avaient aussi été impressionnés. Je ne m'endormis que brièvement, sur le matin.

Le Shabbat fut morose. Heureusement les enfants, dans leur innocence, finirent par nous faire sortir de notre état d'abattement. Le soir venu, nous avions presque repris notre calme. Dieu était avec nous. Il n'avait pas permis la destruction de Sa création. Peut-être avait-Il voulu nous donner toutefois un avertissement ; il était de toute évidence nécessaire de nous convertir. C'est du moins ce que Tabitha et moi conclûmes. Après le coucher des enfants, nous eûmes une longue conversation, comme au temps de nos fiançailles ; cela ne nous était pas arrivé depuis bien longtemps. Nous nous demandâmes pardon pour les différends qui nous avaient tenus éloignés l'un de l'autre comme des ennemis sous le même toit. Oui, en me couchant ce soir-là, je me redis que Dieu était avec nous. Pas plus que l'autre nuit je n'arrivai à m'endormir, mais la raison en était tout autre. Quels bouleversements en deux jours ! J'ai dû, au bout de plusieurs heures, tomber vaincu par la fatigue.

*

Je marchais dans la nuit légère, sous le ciel étoilé. Etais-je en train de rêver ? Mes pas me portèrent, sans même que je m'en rende compte, vers le jardin de Yosef. Les énormes palmiers le long du muret de clôture m'accueillirent dans la douceur de leur bercement familier. Le jardin semblait enfin avoir repris sa tranquillité originelle, c'était de nouveau le havre de paix que je chérissais. Je caressai les feuilles des fruitiers à ma portée, j'inspirai profondément les senteurs douceâtres qu'ils exhalaient. La lune jouait à cache-cache à travers les feuillages et les paraient de reflets argentés. Je n'avais jamais vu le jardin sous cette lumière. Que c'était beau ! Je finis par arriver à proximité de la grotte. Elle s'offrait grande ouverte et l'envie de retourner m'y blottir me saisit.

Mes pieds heurtèrent brusquement un obstacle et je trébuchai. C'est alors que l'éclat de la lune fit briller le métal d'une arme sous mes yeux, reposant sur son propriétaire qui paraissait inconscient, à demi adossé à une souche. Par réflexe, je me penchai sur lui pour lui porter secours mais je me figeai dans mon geste : ses yeux étaient grands ouverts et emplis d'une terreur profonde. Paniqué, je me relevai précipitamment et reculai de quelques pas. Je bousculai au passage un objet métallique – un casque. Plus de doute, c'était un soldat ! Une pensée jaillit en moi : m'éloigner au plus vite ; si quelqu'un me trouvait à côté, il imaginerait aussitôt que j'étais son agresseur. Et alors c'en serait fini de moi ! Par malheur, il me sembla distinguer plus à gauche un second corps, à demi dans l'ombre. Que s'était-il passé ? Que faisaient ces deux hommes ici ?

Tout d'un coup me revint en mémoire le travail effectué deux jours avant à cet endroit même. Nous avions apprêté le tombeau et ramené la formidable pierre qui devait l'enclore. Or je remarquai maintenant que celle-ci était au sol, à une vingtaine de pas de l'entrée béante du tombeau et que la lumière que je voyais ne pouvait pas être produite par la lune seule. C'était une lumière d'une blancheur éclatante, qui devenait aveuglante et pourtant me permettait de voir les quelques marches que nous avions creusées et qui descendaient à l'intérieur de la grotte. Cette lumière irradiante me fit oublier toute peur et toute précaution ; elle me fascinait et m'attirait imperceptiblement.

Je ne fus même pas effrayé lorsque je vis sortir de la lumière et se poser à côté des soldats un être d'une beauté rayonnante et aux traits impossibles à décrire ; il semblait d'une grande jeunesse et paraissait pourtant doté d'une autorité toute virile. Je demeurai comme en extase à le contempler dans une grande paix.

Un bruit de pas me fit tressaillir, qui me força à reprendre mes esprits. Instinctivement, je me dissimulai aux regards derrière le feuillage d'un saule. Je vis arriver trois femmes qui, voyant la pierre à terre, repartirent en courant. Plus tard, deux hommes survinrent à leur tour à grands pas. Eux aussi parurent stupéfaits. L'aurore commençait à poindre. Ils semblaient indécis. Enfin le plus âgé se décida à pénétrer dans le tombeau. Son compagnon lui emboîta le pas quelques instants après. Quand je les vis sortir, leur visage exprimait la joie et la surprise. Ils repartirent sans tarder en courant.

L'une des femmes que j'avais vue quelques minutes plus tôt revint. Elle paraissait perdue et en pleurs. Elle s'approcha de l'entrée du tombeau et l'inspecta du regard ; ses larmes redoublèrent. Elle sursauta tout d'un coup ; l'être lumineux que j'avais vu se tenait à ses côtés. Comme en état de choc, elle lui tint des propos décousus où il était question du corps de celui qui avait été enterré là. Elle fit ensuite quelques pas pour s'en aller. C'est alors qu'elle tomba nez à nez avec un homme dont les traits me paraissaient vaguement familiers. Je l'entendis poursuivre en bégayant ses propos incohérents ; dans sa douleur, la voilà qui le prenait pour le jardinier du lieu et le priait instamment de lui révéler où il avait mis le corps de son maître ! Comment était-il possible qu'elle le confonde avec quelqu'un comme moi ? Il était tout autre. Je ne saisis pas la réponse mais seulement le cri du cœur qu'elle poussa en tombant à genoux : « Rabbouni ! »

Ce cri résonna en moi. Rabbouni ?! Je cessai d'espionner et dus m'adosser contre le tronc de l'arbre derrière lequel je m'abritais. Rabbouni ?! Mes mains se mirent à trembler et mon cœur battit à tout rompre dans ma poitrine. Rabbouni ?! Mais oui, je comprenais maintenant pourquoi le visage de l'homme m'avait semblé familier. C'était le rabbi Yeshua. C'était donc lui qui avait été enterré dans le tombeau de Yosef. C'est lui que je venais de rencontrer enfin pour la première fois : le rabbi Yeshua, notre Mashiah, le Fils de Dieu. C'était parfaitement limpide. Ça semblait n'avoir aucun sens.

Le soleil était déjà haut dans le ciel quand je quittai le jardin, sans plus me soucier de savoir si l'on m'y voyait.

*

Il y a bien longtemps que tout ceci est arrivé mais je n'ai rien oublié.

Depuis, Dieu m'a comblé de bénédictions. Il y a un certain nombre d'années déjà que mes fils ont repris ma suite ; ils exploitent désormais ensemble un beau terrain jouxtant ma maison qu'ils ont réussi à acquérir et où poussent à profusion de nombreux fruits et légumes qu'ils vont vendre à la Ville. C'est désormais une petite entreprise prospère.

Ma Tabitha est morte l'année dernière et je sais que je ne vais pas tarder à la rejoindre. Je sens mes forces décliner de jour en jour. Mes belles-filles me dorlotent mais je ne veux pas leur être un poids. J'essaye d'être utile encore un peu, autant que possible.

Aussi, avant de devenir incapable de me déplacer, je désire accomplir seul un dernier pèlerinage. Au jardin de Yosef.

*

Je n'y avais pas été depuis de nombreuses années, depuis la mort de Yosef Ha-Ramathaïm en fait, il y a une dizaine d'années. Ses descendants n'avaient plus sollicité mes services et j'étais déjà bien occupé avec mon travail. Avec sa mort, c'était un moment de ma vie qui s'était écoulé, sans amertume, dans la quiétude de la paix que seul Dieu peut donner.

Je revis de loin les hauts palmiers venir à ma rencontre. La clôture n'était plus entretenue et des pierres s'étaient descellées du muret. Je pus pénétrer aisément sur la propriété qui semblait m'attendre. Les oliviers étaient toujours là, gardiens tortueux du lieu. Les fruitiers n'avaient pas été taillés depuis longtemps et avaient poussé de façon anarchique. Les figuiers étaient énormes. Je cueillis l'un de leur fruit tendre et charnu et le portai à mes lèvres. Ce fut une explosion sucrée dans ma bouche. J'en fermai les yeux pour mieux savourer cet instant.

La grotte était maintenant devant moi. Et elle était comme au temps de ma jeunesse : sauvage, à moitié obstruée par la végétation ; la nature avait repris ses droits. Je passai doucement ma main sur le pourtour de l'entrée. Je descendis les quelques marches. Je souris : au fond le petit banc était toujours là, intact. J'étais venu pour m'y asseoir comme autrefois, peut-être fermer les yeux et goûter une dernière fois à ce silence que je chérissais tant. Mais au lieu de cela, je m'agenouillai et baisai la table de pierre.

En me relevant, je vis devant moi, surprises, trois petites grenouilles que j'avais dû déranger, qui guidèrent mes pas vers la lumière.

Scripta volant, verba manent

— Quel est votre nom ?

La question résonna dans la pièce. En face des quatre hommes interrogés, les grands prêtres se tenaient assis, le visage fermé, les sourcils froncés.

Un à un, les hommes déclinèrent leur identité. Ça avait déjà été une très mauvaise matinée, mais là, ça ne promettait pas de s'arranger. Le silence n'était troué que par le grattement du calame, le scribe prenant en note les déclarations pour le procès-verbal qui serait consigné dans les archives. Le crissement pressé sur le papyrus avait presque quelque chose d'inconvenant.

— Qu'avez-vous à déclarer ?

Les quatre se jetèrent un bref coup d'œil. Le plus âgé fit un pas en avant, l'air décidé. C'était le chef du groupe. Il avait l'habitude des situations tendues : c'était monnaie courante dans la région depuis plusieurs décennies. Ce n'était pas devant les grands prêtres qu'il allait commencer à trembler. Il les balaya tous un à un du regard puis proclama :

— Nous étions tous quatre de surveillance du tombeau du rabbi Yeshua crucifié avant Pessah, comme nous en avions reçu l'ordre de votre part.

— Quand ? fit une voix sèche.

— Hier, deux jours après l'inhumation dans le tombeau de Yosef Ha-Ramathaïm. Nous avons pris notre tour de garde à la tombée de la nuit à la fin du deuxième jour, avec également les deux autres camarades qui sont restés sur place.

— Qu'avez-vous vu ?

— Quand nous avons relevé nos camarades, tout était calme. Le jardin était désert et les scellés que vous aviez demandés étaient en place sur la pierre qui fermait le tombeau. Nous avons pris le relais et sommes restés de faction pendant le reste de la nuit. Bref, tout était parfaitement normal. Le jour allait se lever quand il se produisit tout à coup un tremblement de terre qui nous surprit au plus haut point.

— Un tremblement de terre, dis-tu ? interrompit l'un des prêtres. Vous avez ressenti un tremblement de terre ce matin, vous autres ? demanda-t-il sceptique, à ses acolytes autour de lui, qui firent une moue de dénégation.

— Oui, un tremblement de terre, répéta l'homme avec force et conviction. Un grondement sourd, puis une vibration grandissante, comme une vague remontant du plus profond du sol, et enfin une série de secousses, qui nous jeta brutalement tous à terre.

— Vous étiez donc sous le choc quand vous vous êtes relevés, glissa l'un des prêtres.

— En fait, cela n'a pas duré. Dès qu'on a pu, on s'est précipité vers le tombeau. Par chance, les scellés étaient alors toujours en place. Pas de trace de fissure sur la pierre. Rien n'avait bougé. On s'est donc remis à nos postes, tous les sens à l'affût. Dans le jardin, aucun dommage non plus autour de nous, aucun arbre n'avait été déraciné. C'était incroyable. C'est alors qu'un éclair aveuglant nous éclaboussa, aussi inattendu que le tremblement de terre. L'air était doux cette nuit-là, le temps n'était pas du tout à l'orage.

— Les disciples de ce Yeshua ont monté une belle mise en scène ! ironisa une voix.

— Sur le moment, nous y avons pensé ; c'était justement l'objet de notre présence : prévenir toute tentative d'enlèvement du corps, comme nous pouvions le craindre. Mais nous venions d'examiner les lieux et à ce moment-là, je le répète, il n'y avait personne, tout était désert.

— A ce moment-là ? Parce qu'après, vous avez vu des gens ?

— C'est là que ça se complique. L'éclair nous a frappés et nous avons été aveuglés quelques instants. Quand nos yeux ont pu de nouveau distinguer quelque chose, là où l'éclair était tombé, il y avait une forme comme un homme, mais si lumineuse qu'on ne pouvait la regarder en face.

— Une forme humaine ? Allons bon, nous y voilà, je le disais bien ! La supercherie que nous redoutions !

— Alors, non, permettez… Je ne crois pas qu'il s'agisse de cela.

— Comment ça ?

— En tant que garde au service du Temple, j'ai l'habitude des situations délicates. Un simple éclair n'aurait pu nous clouer sur place ni nous remplir de cette crainte que nous avons expérimentée. Ni jeter à bas la pierre du tombeau d'une pichenette dans un fracas assourdissant, quand plusieurs hommes costauds ont été nécessaires pour la mettre en place.

— Incapables ! Vous êtes restés à regarder !

— Une force qui ne venait pas de nous nous a empêchés d'agir. Mais en même temps, c'est comme si on nous obligeait à regarder, à être témoins de ce que nous aurions dû empêcher.

— Un ange du Seigneur ? murmura l'un des prêtres qui sembla ébranlé.

— C'est peut-être bien cela. Après moi, je ne suis qu'un soldat, les savants, c'est vous.

— Oui mais comme Juif, tu connais les Keroubim du livre du prophète Ezekiel. Ça avait l'air de ressembler à cela ? Sois précis, à la fin ! L'heure est grave, tu le sais ! Un seul faux pas et je ne donne pas cher de nous.

— Si je peux me permettre, on discutera théologie plus tard, s'agaça un autre. Là, on a un tombeau ouvert aux quatre vents et des gardes trop stupides pour garder le contrôle d'eux-mêmes. La voie royale pour voler un corps, quoi ! Qui plus est, avec je ne sais quels ingénieux artifices, pour faire croire à des esprits crédules à une apparition surnaturelle et confirmer les dires de ce Yeshua sur sa résurrection le troisième jour après sa mort ! Bravo ! Moi, je dis bravo ! J'applaudis les disciples de ce rabbi ! Très habiles ! Bien organisés ! Pas comme certains… Pour qui allons-nous passer, nous, maintenant ? On va devoir faire face à une émeute, mais ça…

— Suffit, Yohanan ! interrompit le grand-prêtre Kaïaphas avec autorité. Reprenons dans l'ordre, dit-il en se tournant de nouveau vers le garde. Qu'avez-vous donc vu alors, Yehudah bar Shimeon ?

— L'apparition s'est comme assise sur la pierre et a attendu. Le jour était en train de se lever et pourtant nous n'avons vu personne entrer ni sortir du tombeau. En revanche, deux femmes sont arrivées, de celles qui suivaient le rabbi avec ses disciples. Elles voulaient sans doute procéder à la toilette rituelle du mort comme la fête de Pessah était finie. Elles aussi ont vu le… la… l'ange qui aussitôt les rassura en leur disant de ne pas craindre. Il a ajouté : « Je sais que vous cherchez Yeshua le Crucifié. Il n'est pas ici, car il est ressuscité, comme il l'avait dit. Venez voir l'endroit où il reposait. Puis, vite, allez dire à ses disciples : "Il est ressuscité d'entre les morts, et voici qu'il vous précède en Galilée ; là, vous le verrez." »

— Le discours est bien logique, conforme à ce que nous attendions…

— Donc vous y croyez ?

— Mais non, imbécile !!! Les disciples de ce rabbi ont monté une belle mise en scène, voilà tout ! Et toi et tes acolytes, vous êtes tombés dans le piège. La preuve, vous nous rapportez ces paroles, comme ils l'avaient prévu ! Alors oui, c'est facile de voler un corps pour faire croire à une résurrection. Mais ce Yeshua s'est bien gardé d'apparaître vivant… Aller en Galilée pour le voir, avouez que c'est bien imprécis. Ça donne l'illusion d'une précision, le vernis, mais c'est tout ! La Galilée, c'est vaste…

— Attendez… Ce n'est pas tout.

L'homme semblait hésitant pour la première fois depuis le début de son compte-rendu. Il sentait quelques gouttes perler à son front. Ce qu'il allait dire risquait bien de déclencher les foudres des grands prêtres. Fallait-il aller plus loin ? Il jeta un regard à ses compagnons. Ils étaient déjà bien mal à l'aise devant l'émotion générée par les propos de leur chef. Finalement, il trancha très vite en son for intérieur : il irait jusqu'au bout. Après tout, c'était son rôle, faire un rapport des faits dont il avait été témoin avec ses hommes. Ce qui se passerait après n'était pas son problème. Dans le brouhaha et la confusion provoqués par ses paroles, personne ne l'avait entendu. Il toussota et répéta un peu plus haut : « Attendez… Ce n'est pas tout. » Le grand-prêtre Kaïaphas se tourna lentement vers lui et lui accorda de nouveau toute son attention. Aussitôt, les conversations cessèrent et un silence pesant tomba sur la salle.

— Ce n'est pas tout. Lorsque les femmes sont parties, on a vu une grande joie sur leur visage. On les a entendues dire qu'elles allaient de ce pas partager la bonne nouvelle aux disciples du rabbi. C'est à ce moment-là que notre espèce de léthargie s'est brusquement dissipée. J'ai voulu me précipiter à leur poursuite…

— Pourquoi ? interrompit l'un des auditeurs.

— Tsss… N'interrompez pas, je vous prie. Vous n'y êtes pas autorisé, s'agaça le grand-prêtre, le regard noir.

— C'est alors que je les vis s'arrêter net. Devant elle, un homme venait à leur rencontre. C'était lui, en personne… Le rabbi Yeshua.

A ces mots, ce fut comme si la foudre tombait soudainement sur l'assistance.

— SI-LEEENCE ! tonna Kaïaphas. Dis-moi, Yehudah bar Shimeon, tu le connaissais, ce rabbi Yeshua ?

— En tant que garde, je l'ai vu à plusieurs reprises au temple avec ses disciples. Puis j'étais de permanence le soir de son arrestation au Jardin de Gethsémani et j'ai été réquisitionné pour y participer. J'ai également été présent lors de son procès.

— Et que t'en a-t-il semblé ?

Le soldat sentit le terrain devenir glissant.

— Je suis au service du Temple. Je sers l'Unique, le Tout-Puissant, Dieu d'Yisra'el. Quelqu'un qui agite et déchaine les passions des foules peut difficilement être du côté de notre Dieu.

A son plus grand soulagement et celui de ses hommes à ses côtés, le grand-prêtre ne releva pas. Il semblait plongé dans un abîme de perplexité. Cette fois, personne n'osa troubler le silence qui s'ensuivit. Au bout d'un moment, Kaïaphas ramena l'interrogatoire sur les faits rapportés par les soldats.

— Que dis-tu donc que tu as vu au jardin du tombeau ?

— Le rabbi Yeshua…

Il sembla hésiter puis ajouta dans un souffle :

— Vivant…

Le grand-prêtre n'explosa pas comme Yehudah pouvait le craindre. Chacun scrutait son visage mais l'on n'y lut que la plus vive attention portée sur l'homme qu'il interrogeait. Seuls les quatre soldats face à lui remarquèrent ses poings se crisper.

— Comment peux-tu en être si sûr ? Des imposteurs, ce n'est pas ça qui manque !

— Nous étions à moins de trois mètres de distance, en plein dans la lumière du jour…

— Mais vous n'étiez pas en possession de tous vos moyens ! C'était de toute évidence une hallucination !

— Une hallucination vécue de manière identique par six soldats aguerris, avouez que cela donne matière à s'interroger… Je ne sais pas si j'aurais eu l'audace de vous déranger pour quelque chose d'aussi clairement contestable. Et puis, pardon de vous contredire, mais justement, comme je viens de vous le raconter, nous venions de retrouver toute notre raison et l'usage de nos facultés.

— Admettons… Et que s'est-il passé ?

— Nous avons vu les femmes avoir l'air très surpris ; après s'être approchées, elles l'ont reconnu puisqu'elles se sont prosternées. Nous l'avons entendu parler. Des paroles qui reprenaient celles entendues juste avant dans la bouche de l'apparition lumineuse : « Soyez sans crainte, allez annoncer à mes frères qu'ils doivent se rendre en Galilée : c'est là qu'ils me verront. » Ensuite elles sont reparties et il a, disons… disparu.

— Disparu ?

— Disparu. Je ne vois pas comment vous le dire autrement. Il était là, tout près de nous, puis quelques instants après, il n'y était plus.

De nouveau, ce fut le silence, que personne n'osa troubler. Tout le monde sentait à quel point ce moment était crucial. Pourtant la voix du soldat s'éleva encore, mais avec une nuance nouvelle de douceur dans ses inflexions :

— Nous sommes retournés sur nos pas et avons pénétré dans le tombeau du rabbi. Sans surprise, comme nous nous y attendions, il était vide. Les linges qui entouraient le corps étaient posés à plat sur la banquette où il avait été déposé, le suaire qui avait entouré la tête était roulé à part à sa place.

Cette fois, le grand-prêtre choisit de se tourner vers les trois acolytes de Yehudah.

— Avez-vous vu, vous aussi, la même chose ?

L'un après l'autre, les trois soldats approuvèrent les propos de leur chef.

— Vous confirmez donc ses dires. Avez-vous quelque chose à ajouter à la déposition ?

Les trois firent de la tête un signe de dénégation. Le grand-prêtre alors se leva lentement. Toute l'attention était sur lui. Il fit signe au scribe de cesser d'écrire. Puis il toisa de toute sa haute taille l'assemblée qui l'entourait.

— L'heure est grave. Il nous faut nous réunir d'urgence, tous, grands-prêtres et anciens, et tenir conseil. De notre décision dépend une bonne partie de notre avenir très proche. Vous, gardes, suivez-moi.

Le grand-prêtre fendit l'assemblée d'un pas déterminé. Dans le regard des uns et des autres, on pouvait lire une interrogation non formulée et une sourde angoisse. Il sortit de la pièce, les quatre soldats à sa suite. Ils marchèrent en silence dans les longs couloirs qui résonnèrent de la cadence militaire de leurs pas. Ils descendirent dans les sous-sols. Seul Yehudah avait déjà été amené à s'y rendre par le passé. Il n'osait comprendre où le grand-prêtre les emmenait. Bientôt, celui-ci s'arrêta devant une énorme porte barrée de serrures complexes. De sous son vêtement, il sortit un imposant trousseau de clés, fit jouer avec habileté les mécanismes d'ouverture puis, se tournant enfin vers les quatre hommes, les invita d'un geste muet à entrer. Yehudah avait donc bien compris : on les mettait au secret. Il nota l'air ébahi de ses trois compagnons.

« La situation actuelle est trop grave et incertaine pour que nous nous permettions le moindre faux pas. Attendez ici jusqu'à nouvel ordre. »

Sans attendre de réponse, en s'arc-boutant de toutes ses forces, le grand-prêtre repoussa le très lourd battant ; le grincement des serrures que l'on verrouille et des barres que l'on actionne emplit l'espace d'une manière particulièrement menaçante. Les quatre hommes, de l'autre côté de la porte, entendirent de manière étouffée les pas de leur geôlier décroître dans le lointain. Puis ce fut le silence. Une pensée ironique traversa brutalement Yehudah : « C'est nous que l'on met au tombeau. »

Quelques minutes – quelques heures ? – plus tard, ils furent rejoints par leurs deux autres camarades restés jusque-là en faction dans le jardin à surveiller le sépulcre désormais ouvert du rabbi Yeshua.

Quand les six hommes reparurent libres dans la salle d'audience, ils notèrent, à la difficulté qu'ils eurent à habituer leurs yeux douloureux à la luminosité ambiante, qu'il faisait encore jour. Devant eux, comme précédemment, le collège des prêtres leur faisait face, visages sombres et fermés, striés de rides profondes pour certains. Le grand-prêtre Kaïaphas fit signe au scribe qui se tenait sur le côté. Celui-ci se leva, vint se placer au centre de la pièce et commença d'une voix neutre la lecture du compte-rendu méthodique qu'il avait consigné pour les archives du Temple. Yehudah eut un moment de doute : leur lisait-on cela pour leur signifier ensuite leur inculpation pour manquements graves à leur mission ? Il prêta une oreille très attentive. C'est alors qu'il ne put s'empêcher d'esquisser peu à peu une expression d'étonnement. Mais à la vue des prêtres concentrés sur l'écoute du rapport, qui ne bronchaient pas, il comprit en une fraction de seconde ce qui se passait et écouta avec une attention accrue la fin du texte.

Le silence qui suivit la lecture ne fut interrompit que par le scribe qui se rassit à sa place et rassembla brièvement son matériel.

Le grand-prêtre Kaïaphas finit pourtant par se lever à son tour. Il planta son regard aigu tour à tour dans les yeux de chacun des soldats.

— Vous avez entendu, c'est la déposition que vous nous avez faites ce matin. Elle sera consignée dans nos archives. Il n'y en aura pas d'autre. C'est ce que vous raconterez partout dans la Ville si l'on vous interroge : « Les disciples du rabbi Yeshua sont venus voler le corps, la nuit, pendant que nous dormions. » Et si tout cela vient aux oreilles du gouverneur, nous lui expliquerons la chose, et nous vous éviterons tout ennui. Nous savons pouvoir compter sur votre sens du devoir et votre dévouement.

Yehudah n'eut pas le temps de réagir que le grand-prêtre, suivi d'un de ses acolytes les bras chargés, était face à lui et lui tendait une bourse de cuir rebondie qu'il sentit particulièrement lourde entre ses mains. Il n'eut pas le temps de bredouiller un mot que le grand-prêtre était déjà passé à son camarade.

Les six hommes glissèrent l'argent dans leur ceinture, sous la protection métallique de leur uniforme.

Ils jurèrent.

Les six hommes partirent, presque soulagés de s'en tirer à si bon compte. Les cinq plus jeunes n'osaient pas échanger un regard, mais pourtant chacun aurait pu dire ce que ressentaient ses compagnons. Seul leur chef avait l'air encore soucieux.

Dans la salle des gardes, un brouhaha emplissait l'air et l'arrivée des six hommes fit augmenter encore d'un ton le volume sonore déjà élevé. Les railleries fusèrent de toutes parts : « Alors les gars, on a des ennuis ? » « On a perdu un cadavre ? » Des rires gras secouèrent les hommes de service. « On a picolé et on a oublié de surveiller son tombeau ? » Des larmes de rire jaillirent des yeux de certains. La voix de Yehudah, nerveuse, sèche, s'éleva : « Les disciples du rabbi Yeshua sont venus voler le corps, la nuit, pendant que nous dormions. » Des éclats de rire repartirent : « Bon sang, Yehudah ! Après un coup comme ça, tu peux dire adieu à ta promotion ! » « C'est sa femme qui va être contente… S'il est viré de la garde, il pourra l'assister dans ses corvées… Et quand on connaît la douce Rashel, ça m'étonnerait que ce soit lui qui donne les ordres ! »

Un coup de poing fulgurant partit s'aplatir sur la face qui avait proféré ces derniers mots. L'ambiance échauffée retomba immédiatement, comme lorsqu'un petit coup de lancette vient permettre au sang de jaillir et soulager l'hématome gonflé qui tendait douloureusement la peau. Chacun se regardait maintenant comme s'il réalisait enfin qu'il était allé trop loin. Quelques excuses viriles furent échangées et chacun fit mine de retourner à ses occupations.

Yehudah s'installa avec ses compagnons dans un angle de la pièce. Puis brusquement, il se releva d'un air décidé et réitéra bien fort, à la cantonade : « C'est la vérité, les gars. Même si vous ne nous croyez pas. Les disciples du rabbi Yeshua sont venus voler le corps, la nuit, pendant que nous dormions. » Les cinq autres hommes, jusqu'alors silencieux, approuvèrent leur chef et se mêlèrent de nouveau à leurs camarades habituels, avides de détails dont seraient bientôt friandes leurs épouses, qui s'empresseraient à leur tour de les colporter, enjolivés derechef, à leurs amies autour des fontaines de la Ville… Des milliers d'histoires mensongères virevolteraient alors comme une nuée d'étourneaux s'en allant aux quatre vents pour dissimuler une seule vérité qui, elle, demeurerait à jamais emprisonnée dans la cage de leur mémoire.

Yehudah réalisa à cet instant précis que lui et ses compagnons étaient redevenus – et pour toujours – les gardiens d'un tombeau, sans aucun espoir de relève, jusqu'à ce que les remords les rongent et qu'ils roulent eux-mêmes la pierre pour en finir.

Ou pas.

Y avait-il dans la bourse assez de pichets de vin pour endormir sa conscience ? Difficile à dire, mais il allait vérifier.

Ouï-dire

Le rideau effrangé qui séparait la taverne de la poussière et de la chaleur de la rue s'envola dans un ample mouvement, laissant deviner dans la pénombre, l'espace d'une seconde, l'intérieur de la salle qui vomit aussitôt un homme du milieu des éclats de voix. Celui-ci atterrit comme il put sur le sol et peina à se relever. Le tenancier sortit à son tour dans la lumière de la fin du jour et pointa sur l'homme un doigt menaçant : « Et que je ne te revois plus chez moi, Molech ! Tes histoires, ça a assez duré ! Dessoule et retourne travailler. Je tiens un établissement respectable, moi. » Il jeta un œil autour de lui pour vérifier que les passants avaient bien entendu sa dernière phrase ; après tout, cet esclandre pouvait se transformer à son avantage en bonne renommée. Il n'allait pas s'en priver. Le dénommé Molech grommela, visiblement très mécontent, d'inintelligibles paroles puis commença à s'éloigner. Autour de lui, les gens s'écartaient imperceptiblement – l'odeur du mauvais vin et des vêtements malpropres sans doute. Tous sauf l'homme qui avait suivi la scène depuis le centre de la petite place coincée entre les ruelles labyrinthiques de la Ville, assis sur la margelle du puits, protégé du soleil encore chaud par l'ombre du figuier. A la vue de l'ivrogne expulsé de la taverne, il s'était levé et avait fait quelques pas dans sa direction. Il portait un long manteau de voyage sur sa tunique et ses sandales couvertes de poussière venaient témoigner, s'il en était besoin, du long trajet qu'il venait d'effectuer, en accord avec sa besace et son bâton de marche.

Molech, titubant, vaguement nauséeux, perdu dans ses pensées, sans bien regarder où il allait, se retrouva soudainement à buter sur quelqu'un et aurait manqué de peu s'écrouler au sol sans la poigne solide qui l'agrippa à ce moment-là. Surpris, il leva enfin les yeux, ou plutôt fut obligé de les plisser tant la luminosité lui blessait la vue. Il vit alors cet homme, dont il n'avait jusque-là rien distingué de façon claire. Brun, visage fin, petite barbe, le regard plutôt doux, en contraste avec la puissance de la main qui l'avait soutenue, il paraissait encore jeune et d'une belle stature. Molech rebaissa rapidement le regard, tant l'effort demandé lui avait coûté ; une douleur lancinante commençait à pulser derrière ses yeux. Il esquissa un pas peu assuré en arrière ; l'homme dut le ressentir car il lui tendit de nouveau la main.

« Que t'arrive-t-il ? »

La question, directe mais sans agressivité, surprit Molech ; il n'avait rien entendu résonner dans l'air que ces mots. Que répondre à cela ? Et à cet homme qu'il ne connaissait pas ? Il hésita. Son cerveau, un peu ralenti par l'abus répété de vin, passa en revue une par une les réponses possibles : qu'on l'avait expulsé de la taverne parce qu'il incommodait la clientèle par son laisser-aller depuis quinze jours ; qu'il buvait plus que de raison parce qu'il devenait fou ; que les histoires qu'il racontait étaient toutes vraies mais que personne ne le croyait ; que…

Il allait ouvrir la bouche pour tenter de s'expliquer quand il entendit à quelques pas derrière lui le patron de la taverne, resté sur le pas de la porte :

« Ne prête pas attention à cette outre à vin ! Il raconte n'importe quoi. Viens plutôt te rafraîchir chez moi.

Ne perds pas de temps avec ce taré fauché. Toi, tu as sans doute de l'argent à venir dépenser chez moi. »

Molech se retourna, furieux. Voilà que ça continuait. Il leva la main dans un geste vague qui tentait de se composer une dignité et éructa en postillonnant :

« T'es un malhonnêt', Lamekh ! Tu fais boire pour nous rincer les poches. Tu penses qu'à ton profit. T'en as jamais rien eu à faire de moi ! Ni de lui ! Et tout c'que je dis, c'est la vérité ! La vérité ! Oui ! Et c'est ça qui t'dérange ! Parc' que j'invent' rien ! »

Un attroupement commençait à se former autour des trois hommes. Il fallait couper court. Sans se départir de son calme, l'étranger fixa son regard sur Molech : « Il se fait tard. Si je t'offre à dîner avec moi, tu veux bien me raconter ton histoire ? » Molech ouvrit de grands yeux et en resta un bref instant bouche bée : il avait bien entendu. Il s'empressa d'accepter la proposition. L'étranger saisit son sac et son bâton restés quelques pas en arrière puis fendit la foule avec autorité, sans se soucier des murmures, pour entrer en se baissant légèrement à l'intérieur de la taverne, dont le tenancier tenait le rideau d'un geste obséquieux, suivi de Molech qui jeta au passage un sourire triomphant à celui qui venait de le jeter à la porte de son établissement quelques minutes auparavant.

Bientôt, attablé dans un coin un peu à l'écart du reste de la salle, bien qu'un peu désappointé par le pichet d'eau devant lui, Molech débuta son histoire, excité de voir pour la première fois face à lui un auditeur aussi sérieux.

« Un poissard !... Je suis un gros poissard !... L'Eternel a dû mal comprendre la prophétie liée à mon nom : Molech, c'est le roi… Mais moi, si je suis le roi, c'est celui des problèmes, oui ! », martela-t-il sous l'effet d'une bouffée de colère en se soulevant à demi de son séant et en retombant aussitôt lourdement sur sa chaise, accompagnant son geste d'un violent coup de poing asséné sur la table en bois qui fit tressauter le contenu des gobelets posés devant eux.

« Jusqu'à il y a quinze jours, je faisais partie de la Garde du Temple. Ça faisait des années que j'y étais employé. J'avais jamais eu de blâmes, j'étais toujours ponctuel, toujours sobre. J'allais avoir une promotion après Pessah. Mais tout a basculé à cause de l'échauffourée lors de l'arrestation du rabbi Yeshua.

C'est LUI, le responsable de tous mes problèmes aujourd'hui ! » conclut-il, pointant un index accusateur vers le plafond. Il s'interrompit, vida d'un trait son gobelet, faillit le recracher en réalisant qu'il avait oublié que ce n'était que de l'eau, puis tenta de se recomposer une dignité sur son siège à la vue du visage grave et attentif qu'il avait face à lui. Il épongea les gouttes de sueur qui perlaient sur son front et reprit :

« Voilà. La veille de Pessah, j'avais été appelé en renfort au Palais, au cas où il faudrait intervenir en urgence pour un début d'émeute par exemple. Parce que les fêtes religieuses, ça draine pas que des pèlerins ! On en voit défiler, de la populace ! Et toutes sortes de loustics ! Des faux mystiques, des vrais assassins, de petits voleurs à la tire, des agités politiques ! Au moment du dîner, il est arrivé un type un peu bizarre qui a demandé à parler à nos chefs. A priori, il était déjà venu un peu plus tôt. Il avait les yeux brillants comme s'il avait la fièvre et il puait la sueur ! Juste après, on a été convoqué pour aller arrêter sur la colline des oliviers, à l'Est, au-delà du Qidron, un pseudo-rabbi – un blasphémateur – accompagné de ses plus proches disciples, qui commençait à mettre à profit la semaine de la fête pour semer le désordre dans la Ville. Et ça, nos chefs, y z'aimaient vraiment pas ça ! Alors on est partis, nombreux et armés, avec le type bizarre à notre tête qui devait nous désigner le rabbi à arrêter. C'était pas facile. Déjà de jour, il y a des tas de racines d'arbres qui courent au sol et sont autant de pièges possibles. Alors de nuit ! Et en plus, c'est comme si les arbres cherchaient délibérément à vous griffer le visage ! On se sent vraiment en terrain hostile là-bas… Tu connais cet endroit ? »

L'homme acquiesça d'un signe de tête silencieux. Le temps de se resservir un coup à boire, Molech poursuivit.

« Bref. Quand on est arrivé, on s'est retrouvé face à une dizaine d'hommes qui apparemment ne nous attendaient pas. Ils émergeaient les uns après les autres de l'ombre des arbres, à moitié ensommeillés. Mais quand ils ont compris c'qu'on v'nait faire ici, certains ont vite repris leurs esprits. Et c'est comme ça qu'une espèce d'agité costaud et furibard dégaina soudain devant moi une épée que je n'avais pas repérée, avec une rapidité de serpent ! J'entends encore le son du métal qu'on dégaine et qui fouette l'air, fffffzzzzzz… Je vois sa trogne transpirante à quelques centimètres de moi. Je sens à ce moment-là une douleur fulgurante me transpercer le crâne accompagné d'un son mou… Je recule de deux pas sous le choc. J'comprends pas pourquoi je vois une feuille planer lentement jusqu'à mes pieds. J'ai la tête qui bourdonne, comme si j'avais les oreilles bouchées avec un criquet dedans. Je mets la main sur le côté droit de ma tête. Je sens s'écouler un liquide chaud et poisseux, oui, c'est bien du sang que j'ramène ! Je vois mon camarade Shimon hurler en me désignant du doigt. Je le vois car je ne l'entends pas. Je plaque aussitôt ma main pour arrêter le sang et là, j'réalise que je n'ai plus d'oreille, le côté de ma tête est tout lisse ! J'crois qu'j'ai hurlé et c'est là que je me suis trouvé mal. Comme une femme ! »

Au cours de son discours, l'homme s'était levé, soudainement grave, précis, sorti momentanément de son ivresse par les événements et sensations qui l'habitaient et qu'il semblait revivre. Il paraissait même avoir oublié l'interlocuteur à qui il les racontait. Autour d'eux, le silence s'était fait parmi les clients de la taverne qui maintenant l'écoutaient. Quand Molech s'en aperçut, gêné, il se rassit, but une nouvelle rasade et recommença la suite de son histoire bien plus bas. Les conversations alentour purent alors reprendre.

« J'me souviens pas de grand-chose, tu sais. Juste qu'on me déplace, qu'on me redresse. Derrière mes yeux, je vois des lumières danser. Elles doivent être proches car ça m'aveugle, ça me brûle. J'ai tellement mal que j'en ouvre les yeux pour que cela cesse. J'vois pas grand-chose à contre-jour des torches. Je crois voir Shimon mais c'est un type que j'connais pas qui vient s'agenouiller à côté de moi. J'prends peur, je suis désarmé : c'est sans doute l'un des gars de la bande du rabbi ; il me tient à sa merci. Mais là, il plante son regard dans le mien sans rien dire, comme toi là. J'sais pas c'qui s'est passé. J'ai aucun souvenir. Mais après, plus tard, j'ai pu me relever. J'ai remis mon épée au côté, ramassé mon casque à terre. Et c'est quand j'ai refixé la mentonnière que j'ai dû effleurer mes oreilles. Mes oreilles ?! Je vérifiai, mais oui : mes *deux* oreilles étaient bien en place ! D'ailleurs, j'entendais parfaitement comme avant. Mon chef venait de donner l'ordre de se remettre en colonne pour rentrer. J'ai alors enfin vu le rabbi enchainé. Mon cœur fit un bond dans ma poitrine : c'était l'homme qui s'était agenouillé à mes côtés après ma blessure ! Pas le temps de m'interroger plus, il fallait avancer. Tiens, d'ailleurs, j'y pense maintenant : je n'ai pas revu le type bizarre qui nous avait servi de guide pour arrêter le rabbi ? »

Molech s'arrêta perplexe, le regard dans le vague. Un frisson le parcourut qui lui fit reprendre contact avec la réalité et il interpella son auditeur.

« Tu penses que je suis fou ? Regarde mes oreilles. Touche-les. Vois. Pas de trace de blessure. Elles sont roses et belles comme celles d'un nouveau-né. »

Il écarta les mèches bouclées de sa chevelure et l'étranger put constater qu'il disait vrai.

« Mais alors, tout va bien. Pourquoi es-tu dans cet état ? »

Molech dut patienter avant de répondre. La servante de la salle vint leur demander ce qu'ils voudraient pour diner. Quand elle s'éloigna avec la commande, il put répondre à la question.

« Tu vas voir. On a suivi les ordres et on a amené le prisonnier chez le grand-prêtre Kaïaphas car le rabbi devait être interrogé directement. Il faisait très chaud et l'atmosphère était très tendue à notre arrivée. Et puis la salle était déjà bien remplie alors qu'on était au milieu de la nuit. J'étais derrière notre prisonnier, avec quelques camarades, je devais être en alerte constante, car tout paraissait pouvoir dégénérer. Le premier témoin s'est avancé pour l'accuser et j'ai entendu :

'Cet homme a dit que c'est par Baal-Zebul qu'il guérit les lépreux. C'est pour ça qu'il peut les toucher sans devenir malade !

Si un homme me maudit, par Baal-Zebul, un lépreux guéri, c'est moi, pour ce péché, qui vais devenir malade !'

J'comprenais pas ! Je venais d'entendre en même temps une chose et son contraire ! Mais j'ai pas eu l'temps de réfléchir car les cris ont couvert la suite des paroles. Après, un autre témoin est arrivé et le silence s'est fait pour écouter les nouveaux propos.

'Cet homme, Yeshua, a détourné de l'argent donné pour les pauvres pour faire la fête avec des prostituées.

Moi à sa place, avec l'argent donné pour les pauvres, j'aurais été faire la fête avec des prostituées !'

Ça a été direct les hurlements d'horreur. J'avais bien entendu à nouveau deux choses opposées. Pourtant une bouche ne peut pas tenir deux propos en complète opposition en même temps, non ? N'importe qui le sait, même un gosse. Qu'est-ce qui m'arrivait ? A chaque fois, c'était pareil ! Mais au bout de de trois ou quatre interventions, j'ai réussi à remarquer puis à comprendre que la bouche des témoins articulait un propos qui semblait être relié à mon oreille gauche, tandis que mon oreille droite – celle qui avait été guérie un peu plus tôt – entendait la vérité vraie, telle qu'elle résonnait dans le cœur du gars qui causait ! C'était complètement fou !! D'autres hommes sont venus ensuite raconter que l'accusé avait tenu des propos subversifs sur le Temple de Dieu qu'il aurait le pouvoir de détruire en trois jours puis de rebâtir. 'Y avait tellement de cris qu'on avait peine maintenant à suivre les échanges malgré notre position. L'ambiance était devenue explosive. Au milieu, le prisonnier demeurait calme et muet, un peu comme toi. Cette attitude les énervait encore plus. Certains étaient rouges, ruisselants de sueur, hors d'eux, comme si l'homme les avait insultés personnellement. Mais la déflagration eut lieu à la suite de la question du grand-prêtre :

'Je t'adjure, par le Dieu vivant, de nous dire si c'est toi qui es le Christ, le Fils de Dieu.

Je t'adjure, par le Dieu vivant, de nous dire que tu es le Christ, le Fils de Dieu.'

J'ai retenu ma respiration, comme tous ceux qui étaient dans la pièce. L'homme ouvrit enfin la bouche pour déclarer dans le plus grand calme – et le plus grand silence enfin obtenu pour quelques secondes : « C'est toi-même qui l'as dit. » Mes deux oreilles n'avaient entendu qu'une voix cette fois-ci ! A ces mots, le grand-prêtre se leva comme si sa femme avait oublié ses aiguilles sur sa chaise et se mit à hurler à s'en briser les cordes vocales, les yeux exorbités et le visage tordu de fureur :

'Il a blasphémé ! Blasphémé ! Blasphémé !
C'est la vérité ! Vérité ! Vérité !'

Mon oreille gauche manqua de devenir sourde des vociférations furieuses de Kaïaphas, tandis que mon oreille droite entendait sa conviction intime d'une voix nette et ferme mais très posée. Aussitôt il déchira ses vêtements, trépignant sur place. La réaction de ses acolytes ne se fit pas attendre.

'A mort ! A mort ! A mort !

On a tort ! Tort ! Tort !'

Des poings se sont levés. L'homme restait dans le calme le plus complet. Des crachats ont fusé. Il ne manifesta aucune réaction. Des gifles sont parties. Il encaissa sans broncher. En voyant cela, les plus veules se sont enhardis et la folie monta d'un cran : je vis mes camarades eux-mêmes participer aux coups sur le prisonnier en l'insultant ! Je voulus m'interposer quand je croisai le regard de Shimon. Mon camarade avait de toute évidence été gagné par l'hystérie ambiante. Les autres aussi. C'était incompréhensible !

'Allez, Molech, frappe-le toi aussi ! C'est un blasphémateur, tu as entendu le grand-prêtre !

Allez, Molech, frappe-le toi aussi ! Sinon tu seras tenu pour complice, tu as entendu le grand-prêtre !'

'Ben alors, tu ne le frappes pas ? Tu es l'un de ces traîtres qui le suivent alors ?

Ben alors, tu ne le frappes pas ? Je vais pouvoir te dénoncer pour prendre ta place au service au Temple, alors ?'

J'me souviens avoir analysé en une fraction de seconde la situation et j'ai fait un choix rapide. Heureusement, j'étais toujours derrière le prisonnier. Ce fut plus facile pour lui décocher un coup derrière la tête. C'est surprenant, tu sais, mais ce geste m'a déchargé de la tension que j'avais en moi depuis plusieurs heures et dont je n'avais pas pris conscience jusque-là. Mais en fait, j'ai frappé un homme sans défense, par-derrière et en plus qui m'avait fait du bien… J'suis qu'un lâche… J'me dégoûte… »

Molech s'effondra sur la table, le flot de ses paroles soudainement coupé par de lourds sanglots qui lui secouaient tout le haut du corps. L'étranger posa avec douceur la main sur son avant-bras. Il lui proposa de sortir un bref instant mais l'homme toujours haletant refusa, il allait se reprendre. Il se moucha bruyamment dans une loque puis, d'un geste brusque, il saisit à deux mains la cruche d'eau que la servante rapportait pleine sur la table. Il but avidement de longues gorgées à même le récipient d'argile. Il avait presque oublié le goût de l'eau depuis le temps ! Il se calma peu à peu.

« Enfin on a reçu l'ordre de conduire le prisonnier dans une cellule pour qu'il y passe les quelques heures avant l'aube. Et ça a été la fin de mon service cette nuit-là. Le rabbi Yeshua a été crucifié le lendemain et ses disciples ont rapporté qu'il serait ressuscité trois jours après comme il l'avait annoncé. Mais cette nuit-là marque les premières heures de mon calvaire qui, contrairement à celui du rabbi, n'en finit pas. Car aujourd'hui, à chaque fois que quelqu'un parle, j'entends deux choses : de mon oreille gauche, les paroles qu'il prononce de sa bouche, et de mon oreille droite ce que dit son cœur. C'est une malédiction ! Ma propre femme me prend pour un bon à rien et imagine parfois refaire sa vie avec notre voisin parce qu'il a une meilleure situation, mes camarades convoitent ma position, mes chefs me méprisent, moi et tous les gars sous leurs ordres ! Et je pourrais te dresser une liste longue comme le bras sans en avoir fait le tour ! Mais quand je le dis, les gens percés à jour préfèrent me faire passer pour fou, comme ce tavernier tout à l'heure, pour éviter de voir leur ignominie étalée au grand jour. Dis-moi, toi, à quel moment de ma vie ai-je péché pour que l'Eternel m'envoie pareil châtiment ? Alors bon, tu vois, depuis deux semaines, je bois ! Je bois pour endormir mes oreilles, pour ne plus rien comprendre, pour ne plus penser... Je sais que si je ne me reprends pas, je vais bientôt perdre ma femme et mes enfants, ainsi que mon travail. Et en plus, ça ne marche même pas, ça continue encore et encore ! Je vais devenir un paariaaaaa… »

Et il se remit à sangloter de plus belle. Patient, l'homme attendit que la crise passe pour murmurer doucement :

« Moi je te crois. Je sais que tu n'es pas fou ni mal intentionné. Entends-tu ?

— Oui, renifla Molech. Mais avec toi, c'est étrange, depuis tout à l'heure que je t'ai rencontré, je n'entends qu'une seule voix, de mes deux oreilles.

— Et qui crois-tu que je suis ?

— Un homme qui ne ment pas. Quelqu'un que je peux croire. »

La nuit était maintenant tombée. La servante apporta sur la table du pain chaud, des olives, du fromage, des figues fraîches, ainsi qu'un pichet de vin.

L'étranger prit la miche, récita la bénédiction rituelle et rompit le pain dont il lui tendit un morceau. Molech croisa son regard. Il était d'une douceur ineffable qui le rasséréna pour la première fois depuis bien des jours. Il ne quitta pas son regard lorsqu'il prit la coupe de vin et prononça la prière d'action de grâce, ni quand il but une gorgée à la coupe que lui tendait son hôte. Il n'avait pas besoin de l'entendre de ses oreilles, son cœur l'avait compris : c'était *le* rabbi. La rumeur était donc vraie. Sans plus se soucier ni du lieu, ni du repas en cours, Molech vint s'agenouiller en larmes à ses pieds. Mais ce n'était plus les larmes de l'ivrogne tourmenté. C'était plus doux, ça nettoyait l'intérieur comme une caresse.

« Je Te demande pardon, Yeshua bar David. Mes oreilles ont entendu le Mashiah. Que le Nom de l'Eternel soit béni ! Peu importe l'avenir. Je vais devenir un autre homme.

— Veux-tu guérir ?

— Seigneur, oui, délivre-moi de cette malédiction mais permets que j'entende toujours Ta voix en moi.

— Eh bien, Molech bar Yeshua, qu'il en soit ainsi. »

Apocalypsis

C'était la fin du jour. Ou était-ce le début ? Nuages sombres découpés en ombres chinoises sur un ciel terne. Au loin un rougeoiement – ambiance crépusculaire. Ça faisait si longtemps que le monde avait perdu ses couleurs et ses lumières. Mais les hommes ne s'en étonnaient plus ; comme à chaque changement, ils s'étaient habitués.

Le véhicule roulait au milieu d'une route déserte. Dans ses phares vacillants, l'homme ne voyait que le ruban blanc délimitant l'asphalte sombre. Toute son attention se focalisait sur le trajet qui se déployait au fur et à mesure. Il était concentré, mâchoires serrées. La fatigue commençait à se faire sentir. Voilà des heures qu'il conduisait. Encore un effort et son but serait bientôt atteint. Les bandes de guidage au sol qui défilaient à intervalles irréguliers sur la chaussée abîmée, menaçaient de l'hypnotiser.

« Papa, on est bientôt arrivés ? »

Vague grognement de l'homme pour toute réponse.

A l'arrière, la petite fille a décollé son nez de la vitre. Elle s'ennuie. Elle ne sait pas où l'on va. Depuis le début du trajet, elle essaie de s'occuper sans déranger son père. Elle sent bien que ce n'est pas le moment de l'énerver. Alors elle tente de décrypter le paysage, tant bien que mal. Car il n'y a pas grand-chose à voir. A cause de l'absence de luminosité, on ne peut distinguer que des formes sur le bas-côté. On lui a raconté, dans les histoires, qu'autrefois les routes étaient bordées de grands végétaux d'un beau vert appelés arbres ; que leurs feuillages tendres filtraient les rayons chauds du soleil, le grand astre dans le ciel bleu qui éclairait la terre tout au long du jour ; que dans leurs branches nichaient toutes sortes d'oiseaux colorés qui pépiaient. Mais tout cela, c'était possible car la Terre avait de l'eau en abondance et l'air était pur. Alors elle essaie de les imaginer, dans le spectre de lignes verticales qu'elle peut encore distinguer.

Mais depuis quelques minutes, elle voit une lumière inhabituelle, très loin à l'Est. Au début, elle n'y a pas trop prêté attention. Et puis la lumière a gagné en intensité. La petite fille s'est frottée les yeux. Non, elle ne rêve pas. Une grande trace lumineuse verticale se découpe sur l'horizon ; elle est légèrement vacillante, comme la flamme d'une bougie dans la nuit. La trainée de lumière s'étire progressivement. Elle se divise maintenant et s'étire de part et d'autre horizontalement.

« Papa, dis, tu vois dans le ciel ? C'est quoi ? »
L'homme l'ignore. Peut-être des résidus de gaz
volcaniques s'embrasant spontanément ou la trainée de
deux météorites, qui sait ? La forme lui rappelle une
émission archéologique qu'il a vue un jour et qui parlait
de symboles de l'ancien monde, mais il n'a aucune envie
de parler, alors il se tait.

Ils semblent se rapprocher de ce feu. Ou alors
c'est lui qui vient vers eux. Car maintenant cela change
d'aspect. De blanche, la lumière est devenue jaune-
orangée. Au centre, on peut distinguer maintenant en son
cœur des langues rougeoyantes. La température,
d'ailleurs, a monté à l'intérieur de l'habitacle. L'air
devient étouffant. Bientôt l'homme va être contraint de
s'arrêter sinon les réserves d'oxygène de son véhicule lui
seront insuffisantes pour rentrer. Il s'est éloigné autant
qu'il a pu de l'enclave, mais il a atteint le point de non-
retour. Tant pis, il est décidé, advienne que pourra. Il n'y
a pas de place dans ce monde pour une gamine comme
elle. Se la procurer avait été une erreur monumentale ;
un caprice idiot de riche qu'il regrettait amèrement
chaque jour.

Il distingue le vestige d'un panneau indiquant à
proximité un terre-plein pour s'arrêter. Parfait ! Il
s'engage. Les pneus tout terrain quittent la chaussée
principale et s'accrochent aux graviers de la voie en les
projetant de chaque côté. Le chemin est chaotique, voire
complètement défoncé par endroits, les amortisseurs
souffrent.

La gosse à l'arrière ne pipe plus mot. Elle n'est pas rassurée, et avec raison : dans ce monde, l'inconnu, l'isolement, c'est la mort. Heureusement qu'il y a cette lumière à laquelle elle ne peut s'empêcher de s'accrocher. Elle ne sait pas pourquoi, mais ça la rassure.

Lui peste, ça le gêne pour voir la route, ça l'éblouit. Il s'arrête enfin. Il farfouille sur le siège passager, dans la boîte à gants. Il a enfin trouvé son masque à filtration de particules et apport en oxygène pour pouvoir sortir de la voiture. Il le positionne méticuleusement sur son visage, attrape son sac à dos et sort.

Elle le regarde s'étirer par la vitre. Il paraît immense et encore plus maigre. Il lui ouvre la portière. Elle sort sans un mot, jetant des regards inquiets à droite et à gauche comme si quelque monstre allait surgir de l'obscurité omniprésente pour l'emporter dès qu'elle poserait le pied à terre, puis finalement elle se décide et se redresse hardiment, les pieds bien droits dans la poussière et les brins d'herbe noircis. Des larmes d'irritation brouillent déjà son regard ; il s'aperçoit qu'il a oublié de lui prendre son masque. Enfin, quelle importance ? Dans un moment, ce sera fini.

Le chemin monte doucement devant eux. L'homme suit un vieux sentier balisé menant - d'après les panneaux rongés par la rouille - à un promontoire dominant la vallée. La gamine, vaillante, tient son rythme, mais l'air vicié lui brûle les poumons et le sifflement qu'elle émet claironne l'imminence d'une violente crise d'asthme. Il sent la petite main chaude de l'enfant se glisser dans sa large paume moite, en quête d'un point d'appui, d'un soutien dans l'effort surhumain qu'il lui impose. Le geste le prend par surprise et le dérange ; il se dégage, agacé. Il fait passer la gamine devant lui sous le prétexte que le sentier devient étroit. Le panneau indiquait dix minutes, mais en voilà bien vingt maintenant qu'ils crapahutent tous deux sans en voir le bout. Le masque est inconfortable. Il a le souffle de plus en plus court, il transpire une sueur acide qui lui coule dans les yeux et les brûle sans qu'il puisse les essuyer.

Enfin, voilà le point de vue promis, avec un tas de pierres froides – sans doute une vieille table d'orientation brisée, se dit-il – sur lequel l'enfant, hors d'haleine, s'assoit. Comme il n'y a rien d'autre à voir (en dehors des habituelles ombres des crêtes se découpant sur l'horizon rougeâtre), elle contemple, fascinée, le spectacle inhabituel de cette lumière formant maintenant une croix de feu dans le ciel. Sans un mot, l'homme se place derrière elle, son sac à dos ouvert dans une main et la seconde plongée à l'intérieur à la recherche d'un objet qu'il trouve bientôt. C'est une lame fabriquée avec un morceau de métal de récupération, savamment poli et rendu aussi tranchant qu'un rasoir par un long et patient travail. A peine un regard sur l'enfant, le voici qui lève le bras haut vers le ciel.

Un brusque déplacement d'air suivi de la sensation d'un étau brûlant sur son poignet le coupe dans son élan. Il titube, déséquilibré, recule de plusieurs pas et manque tomber dans le raidillon. La petite, elle, est toujours absorbée par le spectacle et n'a rien remarqué. Ses épaules se soulèvent imperceptiblement à chaque respiration ; elle semble calme et détendue. C'est bizarre, elle devrait presque en être réduite à convulser maintenant, pense-t-il. Il doit se ressaisir et revenir achever sa besogne. C'est alors qu'il perçoit un mouvement sur sa droite. Un homme ! Sans doute celui qui l'a tiré en arrière. Ce doit être un inconscient, il ne porte même pas de masque ! La peur lui impose instinctivement un repli : s'il s'avère mal intentionné, offrir à l'étranger une cible plus proche et plus vulnérable pourrait lui permettre de faire d'une pierre deux coups – régler son « problème » et lui donner le temps de fuir. Ramassé dans les ténèbres, la main serrée sur son arme, il se tient prêt et observe le nouveau venu.

Ce dernier semble vêtu d'une étrange manière, d'amples vêtements sans couture, d'un blanc complètement improbable dans ce monde de suie et de cendres. L'hurluberlu le dépasse sans un regard et s'en va droit vers l'enfant, d'un pas si léger qu'il marque à peine la poussière. Bien joué ! se félicite-t-il, heureux de voir sa logique triompher. Un sourire sur le visage, il s'apprête à profiter du spectacle.

La fillette n'a toujours pas bougé. Arrivé derrière elle, l'étranger s'immobilise. Il est à la place que le père lui-même occupait un instant plus tôt… Très délicatement, il pose ses deux mains blanches sur les petites épaules. Un étranglement ? Parfait ! C'est moins salissant. Il aurait dû y penser. Hypnotisée comme elle est, d'ailleurs, elle semble ne rien avoir remarqué et continue à fixer cette maudite traînée de lumière dans le ciel. Elle aurait dû sursauter, crier, se débattre. Si, lui, il avait porté la main sur elle, sans doute aurait-il été obligé de s'y reprendre à plusieurs fois et se serait vu couvert de sang des pieds à la tête. Alors que là, tout semble si naturel et tellement facile qu'une pointe de jalousie lui étreint le cœur. Tout serait fini et elle ne se serait rendu compte de rien ? Mais non ! La voilà qui se tourne vers l'inconnu : elle va se mettre à hurler, c'est sûr !

Mais c'est un sourire radieux qu'il voit s'épanouir sur son visage.

En s'asseyant au terme de leur ascension forcée, la petite fille était au bord de l'asphyxie. Elle savait ce qui l'attendait. Au moins pour ces quelques instants, elle pourrait contempler ce spectacle si beau qu'il lui faisait oublier la laideur du monde : elle avait l'impression que la croix dans le ciel dansait juste pour elle. L'air qu'elle inspirait ne la brûlait déjà plus de la même manière. C'était peut-être ça qu'on sentait à la fin. Peut-être que ça ne ferait pas mal. Alors elle continuait de regarder, savourant chaque instant qui pouvait être le dernier. Elle ne pensait plus à son père, la seule famille qu'elle n'ait jamais eue. Elle n'était pas triste ; en fait pour la première fois de sa vie, elle ne se sentait plus seule.

C'est pour cela que, lorsque deux mains se posent sur ses épaules, elle ne sursaute pas et ne crie pas.

C'est pour cela que, tournant son visage, elle accueille la présence de celui qui vient à elle.

C'est pour cela que, voyant la beauté et la lumière qui émanent du visage de l'inconnu, elle lui offre son plus beau sourire, confiante qu'il va lui sourire en retour.

Son regard est d'une douceur qu'elle n'a jamais connue auparavant ; elle y retrouve la même lumière qui danse dans le ciel, pas juste un reflet mais une lumière vivante. Elle lit l'amour dans ces yeux-là. Ça existe donc vraiment, se dit-elle.

S'étant accroupi, l'inconnu tend la main vers elle, paume ouverte. Son regard se fait presque implorant, transperçant le cœur de la fillette. Qu'est-ce qu'il veut ? se demande-t-elle. Je n'ai rien à lui donner !

« Veux-tu venir avec moi ? »

La question retentit, toute simple. La voix de l'homme est calme, claire et posée. C'est donc ça ! Elle est soulagée. Elle se sent bête d'avoir pensé qu'un prince comme lui aurait besoin des choses que son papa aimait : de l'air, de l'eau filtrée ou des cubes de nourriture. « Oui », répond l'enfant en riant et elle glisse aussitôt sa main dans la sienne.

Le contact de sa paume est tendre, ferme et rassurant. Jamais elle ne s'est sentie aussi bien. Elle inspire à pleins poumons. L'air autour est devenu plus léger, avec une saveur presque sucrée. Elle n'a plus peur. Elle n'aura plus jamais peur avec lui.

S'étant relevés, ils s'en vont le long du même chemin qu'ils ont pris pour venir. Derrière eux, l'ultime rougeoiement du ciel s'estompe, livrant aux ténèbres infinies le lieu sombre où le père meurtrier demeure, seul, stupide, son bras ballant encore armé du couteau du sacrifice.

Ailleurs, un jour nouveau commence.

TABLE DES MATIERES

Remerciements

Je tiens à remercier très chaleureusement tous ceux et celles qui m'ont encouragée, supportée, lue, corrigée, conseillée avec bienveillance durant les différentes étapes d'écriture de ce livre :

mon Guillaume, ma plus grosse moitié ;
mon très cher Papa Amand-Marie + OSB ;
mes amies Martine F. et Véronique G.
et, *last but not least,* Bon-Papa et Bonne-Maman.

Soyez bénis.
Je compte sur vous pour la suite…

Et vous qui venez de terminer la lecture de ce livre, merci de votre confiance.
Un auteur en autoédition ne vit que grâce à ses lecteurs.
N'hésitez pas à laisser un commentaire sur la librairie en ligne ou un retour positif à votre libraire physique.

Vous pourrez trouver des informations sur les prochaines parutions, dédicaces et projets sur mon site : https://stephanie-albin-auteur.jimdosite.com et la page Facebook « Stéphanie Albin - Auteur ».

Stéphanie